不嚕樂園

薩芙——著
許育榮——圖

名家推薦

張桂娥（東吳大學日文系教授）：

錯綜複雜的敘事手法、令人目不暇給的登場人物、扣人心弦的緊湊情節……。構思縝密的作者精心安排經過嚴謹考據的背景知識、營造融入多元文化要素的生活場景，讓各自擁有一片不嚕樂園的主角們，在混雜極度寫實與完全虛構的魔幻情境下，經歷一場驚悚刺激的夏日大冒險。閱讀這篇充滿符碼暗示、故事軸線下隱藏伏筆等，敘事結構如此複雜的作品，需要超人的耐心與細心。唯有一遍又一遍，再三咀嚼玩味之後，才能拼湊出完整的樂園版圖，顛覆人們心中對樂園的刻板印象。成功脫逃險境而能重返現實生活的登場人物們，在面對歷劫歸來後的真實世界時，想必看見了不同的生命光景，擁有開創人生新樂園的飽滿能量！

黃秋芳（作家）：

全書藏著各種拆解密碼，從小小的珠寶盒摩天輪，對照到從雲霄飛車開始依序探看的遊樂園，摩天輪的音樂拆解、恐怖屋的謎團線頭、碰碰車的痕跡、走鋼索的危疑；天才科學少年叫安培、海魚屋的吳郭瑜、被綁架少年邦加，以及頗有幾分智慧的絕非廢材老師費財……。人性、人生，也如遊樂場一般，起伏高低，不斷循環、翻篇，常常以為只是停留在原點，其實生命已靜靜向前。

鄭淑華（國語日報總編輯）：

三名兒少以暑假作業主題為理由進入遊樂園調查研究，其實是想調查朋友的失蹤案。故事一開始就在懸疑中展開，引人好奇閱讀。

總是給遊客帶來遊戲歡笑的遊樂園，似乎藏著暗黑內幕，有毒品走私、小孩誘拐等傳聞，廢棄舊園區黑影幢幢，周遭大人們也個個看來詭異。究竟失蹤案的真相是什麼？

三名兒少各自懷著心事煩惱，展開了夏日的冒險。一番經歷後，失蹤案破了，他們也明白父母各有自己的難題需要面對解決，但是對他們的愛並沒有改變；樂園就在有愛的地方。

故事的場景架構，展現了寫實的功力，角色人物描繪鮮明細膩，情節緊湊，讀來有臨場感，有輕推理的趣味，也有溫馨的暖意。

目錄

1 摩天輪旋轉音樂盒

瑞士鐘錶匠安托·法布爾於一七九六年開發圓筒型音樂盒，在純金圖章內部裝上演奏裝置，只要轉動發條，鋼製梳齒撥奏圓筒上的銷釘，就會產生旋律。

——媽媽

我們暗自尋找失蹤者以及躲藏的嫌疑犯。

直到梧桐樹上的夏蟬唧唧聲漸漸消失，直到秋風吹皺水鴨池，直到我們難以忘懷不嚕樂園。

我們耗掉大把光陰在小鎮裡搜尋。安培的情報是不會錯的，他說：「海魚屋的小虎失蹤了，我們去調查原因。」

安培還說：「吳郭瑜想向我們證明他不是膽小鬼，一直偷偷在研究解剖書。」

但誰也沒見過他宰青蛙或真正的吳郭魚，他的經驗來自於家裡的日式料理店，像個好手似的，拿片魚刀揮來揮去，可惜見血就暈。

誰都看得出來，吳郭瑜就是個膽小鬼。

我們最怕遇到程警官巡邏，遠遠聽到警用蜂鳴器就想躲起來，要是被他看到我們四處亂逛，就會叫住我們，「你們幾個暑假作業寫好沒？」

「報告警官，還沒。」我們答。

「趕快回去寫，別到處亂跑。」程警官的警車朝海魚屋後面那片竹林駛去。

我們才不想這麼快寫作業。一直等到車子揚起的風沙落下，才慢慢走向海魚屋。

海魚屋的魚貨大部分是產地直送，南寮漁市的店家跟他們配合二十幾年了，即使是在漁貨欠撈的季節，也不曾出過差錯。海姥姥對生魚片的鮮度要求很高，漁貨都得親自挑選。我們的特務吳郭瑜每天蹲在自家後門觀察，也找不出小虎失蹤的原因。

他說，「貓吃膩了魚，也許。」

但是那句話根本是海姥姥說的，我和安培可不容許他隨便交差了事。

海魚屋後面的半山腰上有一間樂園。我住在園內的員工宿舍，他們超級羨慕我可以每天進出遊樂園。他們不知道宿舍擁擠悶熱，人數又多，我跟爸爸只能擠在兩坪大的小房間。偶爾，我會偷聽到別人竊竊私語，繪聲繪影提及遊樂園裡鬧鬼。我既好奇又害怕，但爸爸說，「我們平時不做虧心事，不怕半夜鬼敲門。」

我沒做虧心事啊。可是我怕。

媽媽有一個摩天輪造型的音樂盒，是她從日本帶回來的禮物，它的外表雖然有些老舊，還能演奏，可惜裝飾零件非常容易脫落。當它的圓筒開始轉動，撥動金屬齒梳，便會發出輕脆的旋律。媽媽說有些音樂故事要是不講給孩子聽，就會消失不見，而她也還沒說出那首音樂的故事。

已經好久好久沒聽媽媽說故事了，而我想告訴媽媽的事也漸漸模糊。於是，我想寫下我的生活，我的故事。

翻開日記本，我搖著筆桿，開始記錄學校、遊樂園發生的事。我盯著天花板想，遊樂園延長營業時間，誰最開心？

沒有人。

我真心這麼想。

鎮上大部分的人都在遊樂園區裡工作，其他人要不務農就是做小本生意。山路蜿蜒，一輛輛遊覽車、小客車天天上山，遊客的尖叫聲常隨著山風灌進我們耳裡，特別是連續假期、寒暑假期或畢業季。

星光票不見得能吸引更多的遊客進園，還必須增加更多的照明設備，況且，遊客白天玩累了，巴不得晚上洗個澡，躲進冷氣房裡，蓋天鵝絨被玩手機遊戲。

吳郭瑜最討厭寫日記，即使努力把字寫得大一點，也填不滿規定的行數。不過，我就常常寫不夠，還得另外貼一張紙上去。我會將寫完的日記本收進大紙箱，裡面還有夏康舞曲CD、媽媽的古典音樂論文跟旋轉音樂盒。我用桑貝繪本故事書將《科學怪人》壓在最下面，我好怕這個故事，總覺得科學怪人會從書裡頭爬出來。可是爸爸很愛講給我聽，嚇得我咬手指頭，縮進被窩不敢出來。其實我知道，這樣他就有多餘的時間忙自己的事情。這是媽媽回外婆家安胎以後的事。

那件事，我心裡並不好受。

小鎮到處是農田、果園、菜圃。太陽下山後，只剩下路燈發出微弱的光亮。從山下看，樂園的霓虹燈像是夜裡的螢火蟲，忽明忽暗。我時常在園內到處亂晃。超過晚上十點以後，旋轉木馬總是播放柔和的音樂，我喜歡坐在上頭等爸爸回來。這樣的夜晚總是好寂寞，好漫長，我老想著媽媽何時才能回來。

常常等著，想著，不小心就趴在旋轉木馬上睡著了。負責巡視設備及維修的葛伯伯關掉旋轉木馬的電源後，會順便抱我回宿舍。他用來裹住我的熊褐色外套，總是有一股汗酸味。

爸爸身上的味道比這更混雜。爸爸太忙了，忙到沒時間注意自己。

有些遊客會餵食動物吃汽水和軟糖，連塑膠包裝紙也讓動物吃進肚子裡。爸爸疲於奔命勸阻、宣導、搶救，有一次過度疲勞送醫院吊點滴。

在爸爸休養的那段時間裡，媽媽來回奔波醫院與宿舍，疲憊不堪，我卻一直纏著她，蠻橫地央求她說故事。那天，媽媽說她累了，她的肚子裡有個小寶寶，我要做姊姊了。

「我不要，我不要弟弟。」

「小裘……妳怎麼會這樣說。」

我的話嚇到自己也撕裂了媽媽的心，驚愕與失望迅速爬上她的臉。媽媽的表情越來越不對勁，有些不知所措、皺緊眉頭。我開始後悔。

媽媽彎下腰，摸著肚子，不斷呻吟，表情非常痛苦。

「媽媽，妳怎麼了？我去叫爸爸回來。」

可是媽媽卻說，「來不及了。小裘，妳快打電話叫救護車。」

上了救護車之後，我的腦子一片混亂，心裡一直浮現那句可怕的話。我緊緊握住媽媽的手，她的手卻變得好冰涼，漸漸失去意識。我很害怕，祈禱媽媽不會有事。希望媽媽不要告訴爸爸，我說出多麼過分的話。

2 不嚕樂園

安培右手定則：用右手握住通電直導線，讓大拇指指向電流的方向，四指的指向就是磁場方向。

——森林實驗中學自然科教師　費財

爸爸是特聘的新樂園計畫研究員，有脾氣的河馬、鴕鳥、紅毛猩猩，甚至孟加拉虎，他總能照顧妥當。大人們都叫他陸德威教授或陸教授。爸爸說：「動物有許多祕密生活。」

「人類也是嘍？」我問。

「當然。人類比動物還多。」

「那我也有祕密喔。」

「可以告訴爸爸嗎？」

「這個嘛。等媽媽回來才能說。」

爸爸微微嘆息，「快了。」

爸爸夜以繼日照顧動物，長頸鹿快生了，在媽媽肚子裡的弟弟也是。

通常，我們只要報上爸爸的名字，保全叔叔會讓我們從側門進出園區。只不過，天下沒白吃的午餐，總得付出一點勞力，例如，清洗過道上的汙漬或是刷掉遊園車上的泥腳印。做這些苦差事可以靠近猛獸區。我將來想當獸醫，這可是千載難逢的機會。

我幾乎能從糞土飄出的尿味中知道，動物飢餓到什麼程度。幾隻獅子張牙舞爪，前腳啪的一聲！撲上鐵欄杆時，夾帶一股原始衝擊力，總會讓我們倒抽一口氣，後退好幾步。

有幾次，飼育員柳阿姨讓我們站在鐵欄後，餵食這些猛獸。她會警告我，「把肉分開些，散開！牠們只認得妳手上的肉，別只想套好關係。」

吳郭瑜做得很好，肉一丟，人躲得遠遠的。安培不會跟我們搶餵食的工作，他寧願靜靜觀察成群的螞蟻雄兵，找出行為模式。他還能記得哪一隻動物吃過，哪一隻還沒，公平且值得信賴。

有一區專屬於孟加拉白老虎，我總為那一對水藍色的眼睛著迷。我相信任何人看過牠羽白色的毛髮與炭黑色相間的條紋，都會誤解那裡頭的深邃，以為牠天生就是人類的觀賞寵物。牠的粉紅色鼻子使我想起每次餵食的生肉裡，曾經有過一小塊爸爸的右手食指。

我們最不想面對暑假作業。

暑假作業是模型製作。只是，光是討論該做些什麼，我們就吵了半天。

「雲霄飛車。」安培提議。

「旋轉壽司。」吳郭瑜舔了一下嘴角。

他們的提案天馬行空又互不相關。我原本想提議摩天輪，趁機修理媽媽的音樂盒，卻充當了和事佬，「這樣好了。我們各做一樣模型，再組合成遊樂園怎麼樣？」

吳郭瑜表示贊成，「聽起來還不賴。」安培似乎不痛不癢，「也行。」

我握緊雙拳，好想揍他們喔。

安培主張施工基地在他家，設計圖我畫，材料則交給小瑜準備。我不禁想，三個臭皮匠好過一個諸葛亮。

誰都知道暑假作業是費老師為了鉗制學生不要玩過頭的詭計。模型製作可以精雕細琢，也可以敷衍了事，換句話說，它考驗你的誠心誠意。安培希望做可互動性的模型。在與人溝通上，他很固執又霸道。而我跟吳郭瑜只想盡情玩耍，敷衍了事，我們備受煎熬的小良心，既想盡責又想偷懶。我們天天聚一塊兒，認為再怎麼樣都能有所進展。

安培家是一棟位在山腰上的磚造平房，能夠鳥瞰整個小鎮的動靜。他家客廳供奉好幾尊佛像，檀香味讓我好想打噴嚏。大部分的臥室家具是他跟外公一起丈量、釘製。他還替書桌、板凳、松木櫃等等，刷上透明漆。我們常待在主屋旁的車庫，裡頭有一輛腳踏車、摩托車、發電機、鋸木機以及鋤頭之類的農具，每一樣都擺放整齊。

我喜歡這樣的家。

安培的媽媽除了吃齋念佛，平日會蹲在屋旁的菜園裡除草、鬆土、施肥、作畦。她還飼養放山雞。羅威納警犬愛倫坡搖著尾巴，緊跟一旁。這裡簡直是一座小農場跟水電行。安培拆開電扇馬達蓋，旋開銅套，用電錶測量，「馬達沒壞嘛。」接著，他擠一點潤滑油在馬達軸心，讓它轉動起來不再咔噠響。安培做起這些事得心應手，全是外公教的。他外公唯一不滿的是，獨生女選錯了人嫁，逢人便說：「我女婿好是好，就是常常不在家。這樣很不好。」

他外公屋外的那幾甲田地捨不得休耕，租給北上的菜農，或許是想等到安培長大，有足夠的力氣扛起他負擔不了的重量。遺憾的是，安培的外公去年冬天中風去世了。

我們來找安培的時候，他正在拆一塊老舊的汽車零件。

「那是什麼？」

他聳聳肩，「沒什麼，就是發動車子的零件。」

吳郭瑜提供的材料有點隨便，瓦楞紙有油漬、竹籤有燒焦痕跡，棉線聞起來有醬油味，雖然怪異又是用過的，但只要我們欠什麼，絕對弄到手。我隨身攜帶的瑞士刀就是他給的，但我要的其實是指甲剪。

「下一次吧。我弄斷了唯一的指甲剪。」

我聳聳肩，瞧一瞧我那十根尖指甲，「留著防身也好。反正放暑假，費老師不檢查手指甲。」

費老師可厲害了。

他老說教書是他最大的賭注。他當過學生，絕不跟孩子們說，

「這些以後國中或高中老師會教。」

也許費老師該省點力，不要占用下課時間，才不會讓學生調降評價。況且，只有安培求知若渴，其他人根本有聽沒有懂。

別看他戴著老花眼鏡，只要教過的學生，沒一個忘記。他集訓過的參賽選手，曾得到奧林匹亞物理金牌，作育無數英才。複雜的理論總能簡單說，充滿人生的道理。

「來，舉起右手拇指比個讚。」

「老師有玩臉書吼。」吳郭瑜經常在上課時開老師玩笑。

我們所有人努力挺住大拇指。

「每個人的拇指彎曲程度不見得一樣喔。」費老師說。

安培的拇指直挺挺的彎不了，我才發現他少了一段指節。費老師卻說他做得好標準，稱他安培好手。我發現從那時候開始，安培漸漸地不再將右手縮進口袋。

每次做實驗時，我們這組經常意見不合，吵個不停，各持己見。班長直接登記我們的座號交給費老師。

「跟老師說說看，你們到底在吵什麼？」

「風扇不會動，可能沒電。」我指著檯面上的電池，「安培竟然用舌頭舔電池，超噁心的。」

「我這算什麼。吳郭瑜拿小裘午餐用的湯匙舔，那才噁心。」

「什麼時候？」我聽了簡直火冒三丈！

「好了。老師認為能表達不同意見的是勇者，能接納不同意見的是智者。爭吵是溝通的開始，你們一定可以好好合作的。」費老師擺平了我們的爭執。

我們甩開自以為是、孤僻與邊緣性格，敞開小小的心胸，接受三人一組。

在安培家做模型時，安培媽媽會準備綠豆湯或小餅乾給我們當點心，趁我們嘰嘰喳喳討論時，靜靜坐在一旁縫補鈕扣或燙衣服。她有一雙粗糙溫暖的手，常將我叫到跟前，用扁梳梳開我打結的長髮，束一條馬尾。長長的馬尾在我後腦門甩來甩去。

「妳這樣很像花木蘭。」安培不習慣我這樣子。

吳郭瑜跟著幫腔。「小裘曾經用長樹枝捲起遊樂園裡的蛇，收進麻袋裡。我可不敢。」

「別說了好不好，把我講得像是膽子很大的樣子。」

這件事的真相是爸爸握住我的手，才有勇氣這麼做，但我說什麼也沒用，他們老早認定我沒女孩樣，我也想像班長那樣有氣質啊。

安培媽媽摸摸我的頭，笑了笑，魚尾紋牽動太陽穴，像一根細細的晾衣繩。有那麼一刻，好像我偷走了安培的媽媽。我拚命抬頭看著天花板，撐住上眼瞼別眨淚水。難忍的是，我已經一個月沒見到媽媽了呀。

安培媽媽催促我們繼續完成作業。

我們三人決定運用費老師教的知識，利用紙板、木頭、黏土、樹枝、棉線等素材做遊樂園模型。對於取名，我提議叫「不嚕樂園」，這個名字其實有我的一點私心。

「阿莎不嚕嗎？」安培說，「那不就是亂七八糟、不守規矩。」

「不是啦。我姥姥講過是『早上洗澡』的意思。」吳郭瑜很得意。

哼。別說早上洗澡，我聞到他身上有一股臭酸味，知道他連晚上也沒洗澡。

我們爭執了很久，最後在他們想不出有創意的名字的情況下，無異議通過。接著，我們討論製作協議，每人都得遵守三項規定：

一、絕對真心喜愛。

二、要能實際運作。

三、每次製作都要到齊。

「誰要是違反，以後上學走路都要倒立。」我說。

突然間，屋外轟隆隆的一聲巨響，傳來一股奇怪的臭氧味。接著，停電了。愛倫坡毛躁起來，豎直身子，吠不停。

「是雷擊。」安培的食指推了一下鼻梁上的黑鏡架。

我感覺不妙，遊樂園天天都得看老天爺臉色，陣雨還好，要是連綿的雨季，連戶外設施都會唉聲嘆氣。我一邊抬頭一邊說，「趁著還沒下雨，我該回去了。」

「你們要是現在回家，小裘被雷擊的機率比吳郭瑜還高。」安培說。

他可真是個烏鴉嘴。

天空烏雲密布，空氣充滿雨水跑進泥土裡的味道。我不停想像被雷擊後，變成像木炭的畫面。安培站在門口，揮揮手，目送我們回家。

我低頭往前跑，原本想一口氣跑回山上的遊樂園，最省時的辦法是抄捷徑，穿過茂密的松樹林，再穿過灌木叢，從圍籬鑽進園區。

但是爸爸不准我這麼做。

我只好打消主意，順著上山的車道往上跑。幸運的話，也許能搭趟便車，只不過，幸運總是愛來不來，尤其當你想要的時候。我希望幸運女神能待在媽媽身邊。

吳郭瑜則跑在我的右邊的石徑，遠遠望著他的身形，簡直像一顆滾動的球。他突然轉頭大聲喊，「小裘，明、天、我、們、去、找、妳。」——

我還來不及回答。

雷擊詛咒似地落在海魚屋的後方，擊中一棵空心的山毛櫸。我只能眼睜睜看著櫸木啪嚓分裂，再分裂，就像地圖上，孤獨的太平洋島嶼。

3 雲霄飛車

雲霄飛車的運作原理是靠「力學能守恆」。所謂力學能守恆，是指當物體運動時，它的速度所產生的動能和高度的位能之間可以互相轉換。

——森林實驗中學自然科教師　費財

台北的地標是一〇一，小鎮的地標是遊樂園。我們剛來這裡的時候，爸爸的方向盤跟他的大腦不合作，好幾次，彎進陌生的鄉間小路裡，進退兩難。直到看到大排長龍的車陣，爸爸才意識到方向感的問題，「唉呀，我們跟著排就對了。」

出乎意料的是，我們在台北排隊買票、等餐廳，沒想到到了小鎮也得排。

儘管爸爸常常做出錯誤的決定，我還是期待遊樂園能讓我的每一天變得有趣。我要的是刺激、刺激、更刺激，徹底放鬆身上每一處緊繃的肌肉。

昨日的雷擊造成部分設施維修，園區仍然照常營業。遊樂園的迎賓曲Let's party每天早上九點整準時響起。由吉祥物樂樂、悠悠在入園廣場跟遊客打招呼。他們搖擺四肢，跳了一段開場舞。

扮樂樂的是可樂姊，粉紅色紗裙及薄如蟬翼的翅膀，眼睫毛眨呀眨，像極了蝴蝶的觸鬚。不過，當她跳完舞之後，還得趕去販賣部開門，販賣炸薯條跟洋蔥圈，直到打烊為止。扮悠悠的是阿言哥，他的扮相是穿著青草綠的褲裝與一對顯眼的招風耳。他很愛取笑我，說話的語速快得讓人無法反擊。同樣的，當他跳完後，便要搖身一變，成為遊樂園設施的操作員，有時是摩天輪，有時是海盜船，有時則是碰碰車。遊客都很喜歡和他們那身可愛俏皮的裝扮一起拍照。

所有的事物與人緩緩自轉，各有各的軌道。

我們約在廣場碰頭，但過了遊樂園的整點報時，安培跟吳郭瑜都沒出現。

夏日陽光撒下一層薄薄的暖意。偶有虹彩若隱若現。遊樂園如同剛睡醒的人，兩眼惺忪，廣場的噴泉開始表演水舞，會讓人忍不住想加快腳步靠近。

噠啦啦啦噠啦啦啦噠啦啦啦噠啦啦啦。

啦——啦——啦——啦——啦——啦———唷吼，唷吼

組曲氣勢磅礴，強烈的節拍敲擊我的心臟，哈察都量的〈劍舞〉有種魔幻氛圍，緊接的樂曲是柴可夫斯基的〈俄國舞曲〉，我總會想到胡桃鉗大戰鼠王。當發散式的水幕嘩啦落下，輪到義大利浪漫派作曲家龐開利的〈時辰之舞〉的小節，水舞交叉噴出，像跳芭蕾舞，讓人好想碰碰水，即使弄溼了衣服也無所謂。最後的高潮是拉威爾，伴隨〈波麗露舞曲〉與歡樂水柱大噴發。這些曲目我非常地熟悉，它們是由媽媽精挑細選，反覆剪輯，所以深深印在我的腦子裡。製作的那幾天，我幫忙按錄音鍵，食指按到抽筋。這段十分鐘開場水舞只是暖身，園裡還有很多好玩的活動，入夜後，整點一次的五彩燈光秀更加

閃耀。

首批進入園區的是一群校外教學的低年級小學生，男生和女生穿著款式相同的運動服和橙色帽子，嘰嘰喳喳，大聲吵鬧。當帶隊的老師口哨一吹，小學生們就像一群鴨子划水排排隊。隱約間，我聽到有人說：「我爸媽早就帶我來玩過了」、「我要先玩雲霄飛車。」他們稚氣嘻笑、興奮難耐，展現旺盛無比的好奇心，跟我第一次入園時一樣雀躍不已。

但不管誰來過或沒來過，離開時，鐵定依依不捨。

緊接著來了一車接著一車的旅遊團，男女老少有的戴墨鏡，有的說台語、客語、日語，有的拿枴杖，走路時關節好

像會發出嘎嘎的聲音。旅遊團都一樣，團員跟著導遊的旗子慢慢走，解散後的第一件事一定是找廁所。

站在門口的小丑先生，小心翼翼地指引遊客坐遊園車。陽光正烈，汗珠布滿他的大白臉，浮現在濃濃的彩妝與鮮紅的大鼻子。不知道為什麼，突然有種不安的感覺。我咬著筆桿跟畫冊，打算先觀測幾項遊樂設施。

我等了一個多小時，兩個傢伙姍姍來遲；一個說抱歉，睡過頭；另一個說對不起，多吃了一碗粥，所以來遲。超級後悔太早來，白等這兩個遲到鬼

「又不是第一次了。你們根本就沒有誠意。算了，先去坐雲霄飛車吧。」

吳郭瑜怎麼也不肯坐雲霄飛車，理由是，如果飛出去的話，就再

也吃不到鮪魚丼飯了。

「唉唷，沒那麼容易掛掉啦。」我說。

「妳懂個屁啦。我爸爸老老實實過馬路，走在斑馬線上，一個酒鬼卻開車把他撞飛。」吳郭瑜快哭了。「我老覺得生命掌握在八竿子打不著的人手上。姥姥說意外事故讓我沒了爸爸，要我凡事注意安全。」

「那你媽媽呢？」

「她已經是別人的媽媽了。」吳郭瑜不喜歡提到她。

這是我第一次聽到小瑜說出關於他爸媽的事，內心很難過。一時之間不知道該說什麼。

「你要是怕，就在出口等我們。」安培不等人，快步往雲霄飛車移動。

我看了小瑜一眼，默默走在安培後面，他猶豫幾分鐘，也跟上我們的腳步。

雲霄飛車在我們頭頂上旋轉、俯衝、扭結似地轉彎，車輪和軌道的作用力跟反作用力讓乘客的心跳加速、胃腸翻攪，帶來失控的刺激快感及驚聲尖叫。問題來了，老天啊，扭來扭去的軌道要怎麼縮小成模型啊？我們做得出來嗎？

葛伯伯掛著工具腰包，站在操作室的面板前，一面探頭察看軌道情況。他那件混合柴油、機油與潤滑油的大外套還掛在小房間裡，身上只穿一件沾滿汙漬的長袖藍襯衫。他沒有妻子幫他洗衣服，經常藉酒澆愁，私底下，大家叫他葛酒鬼或老葛。他唯一的女兒在醫院工作。老說我真像他女兒，有一雙會說話的眼睛，對事物充滿好奇心。我很想看看他女兒，想知道我長大後可能的模樣，也想知道，有沒有可能像她一樣成為醫生。

我跟葛伯伯打招呼。他指著我嘴邊的口水痕跡，「小裘沒洗臉喔。」

媽媽不在，沒人管我洗臉刷牙、幾點上床睡覺、補充牙膏洗髮精這些瑣事，漸漸跟爸爸一樣不修邊幅，學他粗枝大葉吃飯、睡覺、站著尿尿，或許是想證明男孩能做的事我也能做。

他將目光移開，看著軌道運轉，搖頭晃腦，滿臉通紅，身上飄散濃濃的酒臭味。

我抬頭對上他混濁的目光。他問我，「妳有聽到咔啦咔啦的怪聲音嗎？」

雲霄飛車所發出的聲音的確跟平常不一樣，但不知道是哪裡出問題。大排長龍的隊伍，一個接著一個坐下，扣緊安全帶。列車緩緩爬升到達高點，蓄滿滿的位能，即將向下俯衝。

「到達第一高點前，馬達推進都很正常。」葛伯伯打出一聲酒嗝。

「鋼軌的搖晃好像比較劇烈耶。」安培指著頭頂上的鋼架。

氣流刷過每個人的臉龐，拉扯他們的頭髮、肌膚。有些人可能閉眼尖叫，小孩不會，孩子持續狂笑、歡呼。

列車蜿蜒回到發車點，感覺煞不太下來。煞車的聲音嘎嘎吱吱，彷彿抗議日夜操勞及無止盡的運轉。

「問題應該是煞車閘，無法夾緊輪子。」葛伯伯指著呼嘯而過的車底。

列車滑進站時，摩擦力明顯不足，葛伯伯操作煞車系統，列車很勉強地減慢速度，最後發出嘰的一長聲，及時停了下來。我們和葛伯伯同時深吸一口氣，等待車上的遊客離開後，緊急掛上「維修保養」的告示牌。葛伯伯突來的舉動惹惱了隊伍後頭等待的遊客，紛紛嚷著要退費，抱怨怎麼會在這種時候保養。

「老葛，這怎麼回事？你平時不是有保養維護？」園區經理急得跳腳。

「拜託，講點道理，你身體難道只有一種毛病嗎？」

「所以才叫你定期檢查啊。」

「話不能這樣講，又不是定期健康檢查就不會生病。」

「要是沒在一個小時內修復，我馬上請你回家吃自己，明白嗎？」

「喔，喔，喔，我好怕。」

「你工作期間喝酒，別想拿到退休金。」

葛伯挺著大肚腩，朝園區經理離去的背影擠眉弄眼，「哼，只會出張嘴，上頭的人對問題根本沒興趣，只會叫我自個兒解決。」

他二十歲起就在遊樂園工作，從沒想過要去別的地方。隨身的烈酒瓶老是空的，走起路時，酒瓶撞擊工具袋，就會發出咯噹，咯噹的聲音。

吳郭瑜拍了拍肚皮，啵啵作響，「葛伯伯，你肚子怎麼裝得下大量的酒，我的為什麼不行？」

「別小看自己，等你長大，你也可以。」葛伯伯笑彎了腰。

最好吳郭瑜別把葛伯伯的話當真。

葛伯伯酒後最愛吐真言，「我的命上帝不肯回收，所有的好運都留給我女兒。」

「可是你愛喝酒，你女兒都不理你。」我擔心他丟了工作。

「是我不想給她添麻煩。放心啦，這些機器只有我能搞定。雖然老愛跟我做對，前一晚正常，隔天就變了樣，跟女人一樣難以捉摸。」

是嗎？我很懷疑。

他吞了醒酒藥，漸漸清醒許多，接著，認真攤開手上的設計圖。

我們三雙眼睛立刻亮晶晶，異口同聲說：「可以借我們看嗎？」

「軌道支架包括垂直與水平支撐架及十字橫梁，而十字橫梁採用三角形結構，這種衍架設計穩定性高，比正方形更有支撐力與承受力，使拱狀的圓弧軌道屹立不搖。」清醒後的葛伯伯可靠多了。

「哇噢。」我們聽得入神，呆若木雞。安培悄悄用手機拍下，還對我使眼色，要我別大聲嚷嚷。

葛伯伯再測試一次雲霄飛車，喀啦的聲音變成喀嚓，挺嚇人的。

「看來，我得去恐怖屋找老賈。」葛伯伯顯然很頭痛。

我和安培立刻異口同聲要求，「我們也要去。」

吳郭瑜顯得猶豫不決，找理由說服我們別去，「唉唷，鬼是人扮的吧，有什麼好看的？全都是假道具跟罐頭音效，沒什麼好玩的嘛。」

他嘀嘀咕咕跟在我、安培及葛伯後面，不時回望海魚屋的方向。

我悄悄把遊樂園的鬼魂傳言擱置心頭。那裡的確發生過意外，還有人說，背景音效夾雜小孩子的聲音——快來找我玩。

好想知道那是不是真的，但我認為還是別告訴他們這種傳言。

「你們別跑那麼快。現在可是七月半！」吳郭瑜跟到入口，停下了腳步，「我想，我還是別進去的好。」

入口處不時傳出恐怖片才有的驚聲尖叫、鐵器敲打與金屬的撞擊聲、噴霧產生氣體的噗呼聲以及縈繞著陰森森的笑聲。

安培進去了。而我卻步了。

「小裘，妳怕了嗎？」吳郭瑜以為我改變主意。

「有什麼好怕的啦。」

也不知道我哪來的膽量，用力拉住小瑜的手往前跑，使他完全沒有後悔的機會。我之所以膽敢這麼做，完全是因為有葛伯伯跟安培在前方照應。

沒想到幾分鐘之後，會發生那麼可怕的事情。

4 恐怖屋

光線由眼球的瞳孔進入，透過凹透鏡觀察物體會比實際小。透過凸透鏡觀察物體會變大。光使這世界清晰，所以啊，乖孩子，你們要愛護看美麗事物的眼睛。

——森林實驗中學自然科教師　費財

幽暗禁閉的恐怖屋內，我用手機充當照明。甬道曲曲折折，窄小狹長，布景道具染上一層厚厚的灰塵，充斥乾冰與潮溼的黴味。

我貼著牆壁走，聽見細碎的腳步聲，擔心有什麼突然冒出來嚇人。打算放開吳郭瑜的手，他卻忽然用力拉扯我的馬尾。

「哎喲，好痛。」

「妳別丟下我。」

「跟你說我不會嘛。」

他拉住我的棉衫衣襬。好吧，就讓他拉吧。烏漆抹黑的裝飾牆不斷閃過暗影或是傳出窸窣聲。我推論木板牆後就是扮鬼嚇人的暗道，可是，要怎麼進去呢？

齒輪在轉動。咔啦。咔啦。打鐵的聲音出現了。

我右邊有個半開的木箱子，突然間蹦出來一具枯骨擋住去路，空洞的眼窩裡閃爍綠光，嚇了我們一跳。

吳郭瑜本能反應，左手揮他一拳，骷髏頭搖了搖，抽搐，抖動。他壓下木箱蓋，「妳快走。」

「剛剛你不是怕得要命？」

「誰叫我的手腳都比妳粗壯，說好我們一起闖的嘛。」

「你不是膽小鬼了，你超勇敢。」

「那是什麼話。有人說我是膽小鬼嗎？」

「呃，你別放心上了。」

「該不會是安培那傢伙？」

彷彿有一股熱血緩緩自他體內升起，吳郭瑜自告奮勇打頭陣，我尾隨，繼續找尋安培與葛伯伯。才沒走幾步，原本腳底下堅硬的水泥通道突然陷落，舉步維艱如陷海綿軟床，我們連喘氣的空檔都沒有。

頭頂上方的擴音器傳來罐頭播音，高八度的訕笑聲，跋扈地警告我們會有意想不到的事情發生，接著，夾雜短促的呼吸聲，隨後一陣幽魂咆哮。

我屏息問，「你聽到了嗎？」

「聽到什麼？」

「小孩子的聲音啊。」

「沒有啊。我以為是妳跟我說：快來找我玩。」

這下輪我長聲尖叫。

只記得我拚命往前跑，黑暗化成左右兩條流動的模糊霧面。突然，一隻手擋住我的去路。

「小裘。是我。」安培問，「吳郭瑜呢？」

「我把他丟在後頭了。」我感到好心虛。

我們同時回頭探看，沒人跟來。安培拉我進入一道暗門，裡頭空間不大，充滿道具服、顏料，化妝鏡映照著對面牆上的殭屍海報。透過窺視孔可以看見外面的幾處機關陷阱，從圓孔洞看到的吳郭瑜縮成

小小的點，仍站在原來的地方，一臉茫然。

就在我們稍稍鬆口氣時，貼牆直立的棺材抖了抖，一名身穿藏青色清朝官服的殭屍露出一張白白的麵粉臉及血色獠牙，準備嚇他。

我哇一聲。

殭屍再度躲進暗處。

「該怎麼辦啦？」

安培牙一咬，跑了出去。從窺視孔，可以看到他們的一舉一動。張牙舞爪的殭屍再次出現，作勢咬人。他們作勢要將背包往殭屍丟過去，安培趁機拉著小瑜進入我的視線死角。祕室牆忽然打開，他們狼狽跌了進來。

吳郭瑜一見到我就開罵，「小裘，妳怎麼可以丟下我！」

「對不起。」我雙手合十，祈求原諒。

滑輪喀啦喀啦轉動。

我們換了另一處窺視孔，輪流瞧見獨木橋吊著一具人偶。人偶套著破舊的灰布衣，左右腦門鎖著螺絲，膚表遍布縫補的傷疤，極像科學怪人。不，他根本就是從故事書裡爬出來的！我告訴自己，人偶是假的。假的、假的。正當我強烈否定人偶的真實性，那具身體不斷滴流黏稠的液體，不像紅顏料或番茄汁，那是……老賈和他的防鏽油。

我再次驚聲尖叫。他們迅速摀住我的嘴。

「吼，妳不要叫那麼大聲啦。」安培受不了我的高分貝。

老賈大約六十多歲或者比我想的更老，蓄鬍子的方形臉沒太多表情。他拉開科學怪人睡袋的拉鍊，伸伸懶腰，微弱的燈光一閃一滅，照著他光禿的頭頂。他從不睡宿舍，老窩在暗處，一副別來惹我的樣子。

「嚇死人了你。」葛伯伯拍拍胸脯，定定神，「我那套替換的齒輪槽，你放哪兒了？」

「嘖，老東西有什麼好修的。」

「修不好，我就是廢物了。」

「老廢物有什麼不好。」

「哎，我沒時間抬槓，你快點找一下啦。」

老賈拿起老虎鉗，旋開螺帽，幫浦噗噗兩聲停止運作，「人死了，才沒時間。」

葛伯伯軟化態度，「拜託，我不能不幹。等退休就不來煩你。拿到退休金我就住漁村，賣泳圈跟啤酒，你不幫我，就別來找我，我不賣酒給你。」

「關我屁事。」

「欸，我還不能退休，我是最後見著邦加的人呀，叫我良心怎麼安？」

「那孩子不是我的責任。」

葛伯伯只好掏出腰間的酒拿給老賈喝。

「這還差不多。」老賈說。

影幢幢的微弱光線，時而刷過他們兩張充滿皺摺的臉。我知道他們在說什麼，心裡萬分恐懼，身子瑟瑟發抖。

吳郭瑜忍不住問，「邦加是誰啊？」

「柳阿姨的兒子，失蹤快一年了，至今仍下落不明。」我急急央求改變路線，「我們快點走吧。」

「去哪裡好呢？」吳郭瑜打不定主意。

「我想坐摩天輪。」安培提議。

我附議。

沒想到我們會有第二次共識。我們先後奔出恐怖屋的大門。

安培狐疑地問，「喂喂，是誰剛剛一直喊，『快來跟我玩』？」

我和吳郭瑜什麼都沒說，互看一眼，兩人拖著發軟的腿，拚命往摩天輪的方向跑，頭也不回。

5 摩天輪

旋轉木馬是躺著轉的，要是打直的話，說不定能跟艾菲爾鐵塔一較高下。

——摩天輪建造者George Washington Ferris, Jr.

一九八三芝加哥博覽會

六個座艙的摩天輪空間不大，座艙的大小彷彿只是設計給媽媽帶一位小朋友，卻吸引長長的排隊人龍，估計至少得等半小時以上。

「喂，你們要不要換海盜船？摩天輪轉得好慢噢。」

吳郭瑜不善於等待，老是讓別人等他，還敢抱怨。我一直忍著不發火。安培入神地看摩天輪，他只要看到感興趣的東西，腦子自動轉成認真模式，所有聲音都隔絕在外，此刻就是如此。

「摩天輪模型放進不嚕樂園一定很棒。」我試著凝聚他們的注意力。

吳郭瑜呶呶嘴，用懇求的語氣要求，「我不想等嘛。小裘，我們走啦。」

這讓我感到左右為難，我既不想被安培討厭，也不想讓吳郭瑜落單。

「等候的時間，我們可以討論摩天輪的設計啊。」我決定順著安培的意願。

吳郭瑜兩手一攤，無奈地退出參與，「那你們排就好。我要去買汽水。」

噢。媽媽嚴格禁止我喝汽水。她認為汽水只是二氧化碳、果糖跟檸檬酸濃縮液，傷身、傷牙、沒營養。可是，喝汽水就像大人喝酒舒壓的道理一樣，甜甜的氣泡灌進喉嚨，癢癢地，再從胃部沖上鼻孔，身體頓時成了蒸氣小火車，感覺真嗨。媽媽不在，我決定暫時打破禁令，開心地拜託吳郭瑜，「我也要。」

「哼，自己去買。」他擺擺手，不理我，擠進人群中。

豔陽咬著我們的肌膚，汗溼了我們的雙頰。我下意識地用手搧風，卻一點用處也沒有。一旁過道的柵欄綁著彩色的氣球束，隨風輕輕搖擺。直到一陣涼風吹來，我才從昏昏欲睡的狀態醒過來。

吳郭瑜不知道跑到哪兒買汽水，眼看前面的隊伍越來越短，卻一直等不到他回來。輪到我們時，剛好滿座，得等下一輪。

操作機器的是阿言哥，他的耳朵有穿戴耳環。

「小裘，現在人多，妳別來亂。」阿言哥張開了嘴。

「什麼嘛。我可是有正當理由的，是為了近距離觀察摩天輪做模型作業，才不是貪玩。」我不喜歡阿言哥當眾指責我，臉頰跟脖子都漲紅發熱。

事實上，讓他煩惱的不是我，而是一個身穿蝙蝠裝的小小孩。小小孩看起來還未滿六歲，一直霸占在蛋黃色的座艙內，左手拿著雪碧，右手握著一把橡膠水槍，不時朝著地面上的遊客射擊，很調皮。他的門牙掉了兩顆，講話漏風，好像說，要等媽媽，就算阿言哥大聲警告也沒用，只好讓他坐了一圈又一圈。其他小孩看到後有樣學樣，也不肯下來。空位越來越少，人潮越來越多。

「妳也看到那個小搗蛋了吧，只要有辦法讓他下來，我就讓你們坐兩圈。」阿言哥頭痛地說。

安培想了一下，等到座艙旋轉至六點鐘方向，立刻跳進小小孩的座艙。安培和小小孩嘰嘰喳喳、交頭接耳，兩人同時瞅我一眼，一副不懷好意的樣子。

這種感覺不太妙。

刺眼的陽光穿過白楊樹。我瞇著眼，以手搭簷。

小小孩的橡膠槍管對準我的頭殼，小指頭扣下扳機壓到底，一條長長細細的水柱澆在頭頂上，立刻聞到甜甜的糖水味飄散，這可不是普通的水，是雪碧。炎陽帶走多餘的水分，頭髮變得又黏又膩。

我抬頭瞪著安培，生氣咆哮，「等會兒要是下來，絕對要你們好看。」我摘下布景氣球，尋找水源，打算丟他們水球，還以顏色。

摩天輪緩緩回到六點鐘方向。閘門一開。安培拉著小小孩的手，拚命逃跑，鑽進人群。我在一堆五顏六色的動線中，迅速往他們身後靠近。

進入射程後，我卯盡全力投擲水球，差一點就擊中混蛋安培。沒想到就這麼巧，吳郭瑜剛好走到他們身旁，手裡還捧著汽水，只好眼睜睜看著水球命中前額。僥倖的水球沒破，我撿起來，想要找尋他們的蹤跡，安培和小小孩早就一溜煙不見人影。

「幹嘛用水球丟我。」吳郭瑜氣急敗壞，「陸小裘，妳發什麼瘋。」

我來不及說抱歉，掃視四周一圈，試圖找出這兩個可惡的傢伙。

熱狗攤車傳來炸薯條的香味。我看到安培了。哼，他竟然跑去買汽水！我三步併作兩步，怒氣沖沖拍他肩膀，「咦？那小鬼呢？」

「剛剛他急著上廁所，我等了他一會兒。」安培走進男廁，探了探頭，「奇怪吔，我沒看到他出來啊，到底跑去哪兒了？啊，可能是看到妳，嚇到躲起來……」

「什麼嘛。我是有多恐怖？」趁著安培防備不及，我把水球往他身上砸。

小瑜可樂了，「原來你們改玩這個？」

綁在路燈支架上的擴音器傳出園區廣播，「親愛的遊客請注意，由於人潮洶湧，請多留意您的孩子及隨身物品。」

旅遊團導遊的旗幟揮了揮，零零散散的團員們陸續集合。小學生們也在老師的哨音下，準備點名。除此之外，這段廣播並沒有引起多數人的反應。吃的吃，玩的繼續玩。我卻突然想到，被父母弄丟，跟自己走失，哪一種比較糟？

兩者都糟透了。我立刻甩掉這個可怕的想法，因為沒人願意發生這種事情。

我想起在台北市立動物園走失過一次，那天熊貓圓仔剛好出生。爸爸穿著草綠色的汗衫，人潮過多，摩肩擦踵。我為了撿起地上的髮帶，拉錯別人的衣襬，跟著不認識的人逛到別的主題路線。我哭哭啼啼，園方人員為了安撫我，請我喝黃澄澄的汽水。

又一個水球砸向我的背，打斷了我的胡思亂想。

「我也要玩。」吳郭瑜加入戰局。

炙熱的陽光快要將我曬乾，皮膚表面刺痛，口乾舌燥，我挨了靶，暈了頭，沒坐到摩天輪，換來一肚子氣。我霸道地搶了吳郭瑜的汽水喝。他倒是沒說什麼。

我們一口接著一口喝著橘子汽水，咕嚕，咕嚕滑過喉頭，空氣中飄散甜膩的氣味。

安培和吳郭瑜喝完汽水後都沒事，只有我不停地打嗝。吳郭瑜逮到機會，對我玩起點名答右的遊戲。他算準我打嗝的節拍，在我打嗝兒前幾秒，模仿費老師的口吻，喊我的名字，「陸、小、裘。」

「呃嗯。」

「陸小裘！」

「呃。」

我們打打鬧鬧，逐漸恢復愉快的心情，往海盜船的方向移動。

當時我們並不知道，幾個小時後，程警官會接獲一名婦人報案。

園方配合做了筆錄後，我們才知道小小孩走失了，帶走他的根本不是他的家人，小小孩和他的水槍憑空消失在遊樂園裡。

6 海盜船

伽利略發現以一定長度的繩子繫著一塊重物，加以外力使它擺動，不論擺動幅度大小及所繫物體輕重，每擺動一次的時間都完全相同，這就是「鐘擺原理」。

——森林實驗中學自然科教師　費財

我一直認為人的身體裡藏了一個隱形的時鐘。身體時鐘安排二十四小時的作息，肚子餓了就吃，累了就睡，睡夠了就醒。要是時鐘不走了，生命就會停擺。

跟安培講這件事的時候，他說我這想法挺有意思，但聽多了會頭痛，叫我能不能安靜點。那只是藉口，吸引他的是那些硬玩意兒。他繼續拆鬧鐘，齒輪組、線圈、晶片及喇叭，展示線圈通電後，產生磁性與磁鐵共振，震動鐵片發出聲音。接著，他又開始研究簡單的電擊槍構造圖，「我要做一個防身用，小裘，妳要不要一枝？」

「好啊。」

「小瑜，你也要嗎？」

「我用不著吧。」

安培似乎很享受一個人拆拆裝裝的過程，不過我和吳郭瑜都不怎麼感興趣。後來，我們聊起暈船的經驗，吳郭瑜趁機吹牛自己天生不怕水，常常跟著海姥姥搭漁船海釣；海盜船左右擺盪的幅度比起外海風浪小得多，完全沒有暈船問題。他說，根本就像待在媽媽的肚子裡。

這兩個傢伙卯起來臭蓋時，鼻孔朝天的樣子，真令人討厭。我以為自己不怕。瞧瞧那些大人們閉緊眼睛，叫得比小孩還大聲，我就覺得自己沒什麼好喊的。在我還沒長到一百四十公分之前，爸爸只准我划獨木舟，只能待在軌道下仰望別人火山冒險。等到我抽高十五公分後，海盜船反而太溫和。園內有一種遊樂設施旋繞三百六十度圓周轉，上下顛倒，順時針後再逆時針迴旋，一趟下來，口袋裡沒有一樣東西留得住，我甚至留不住胃袋裡的山羊奶。

「我睹你們一定不敢坐。」

我超想看他們膽小如鼠的樣子，尤其是那個凡事井然有序的安培，當他驚慌失措的時候，會是什麼模樣？吳郭瑜的臉色發青，說他汽水還沒消化不能搭，不然，他會變成香檳開瓶。

哈哈，就連男生也會怕。吳郭瑜顧左右而言他。倒是安培爽快承認，「其實，我有眩暈的毛病。」

安培移轉目光，望向山腰下的小鎮。很奇怪，只要他興趣缺缺的東西，其他人也沒了興致，連我也不想再提。

安培一直沉浸在自己的世界，我和小瑜有一搭沒一搭閒聊無助於暑假作業的事。後來，我們再次藉口要去遊樂園現場取材，三個人比賽看誰先跑到。

廣場傳來玻里尼西亞舞曲，鼓聲bonbon，烏克麗麗與一種叫To'ere的節奏樂器合奏，夏威夷草裙女郎隨著音樂搖擺，麥牙色臂部與腳踝律動如浪，站立瀑頂的表演者半身赤裸，跳著紐西蘭Haka戰舞，依序躍入水中。這群來自西薩摩亞的表演者在這裡待了整個夏天，住在宿舍另一邊。彩排火舞時，我經常席地而坐，是忠實的小鐵粉。表演者熄滅火把前，會特別表演遠距離噴火，想嚇唬我。那些鼓手的嘴很像一條拉開的拉鍊，令人不想直視他焦黃的板牙，過寬的牙縫像卡了髒汙的黑線。團員中，我不喜歡叫酋長的男人，趁沒人注意，他掏過可怕的東西給我看。他會假裝親暱說我可愛，要求抱抱，用粗糙的手指戳弄我的身體。那次之後，我不再給他任何接近的機會。

我緊跟著安培和吳郭瑜。人多總是好的。

現場觀眾開始聚集，掌聲與驚呼聲一波接著一波。

老實說，我心裡毛毛的。從恐怖屋出來後，常不自覺打冷顫，總感覺有什麼跟著我。也許是邦加的鬼魂。我們曾玩在一起，那時不怕，為何現在會怕？難道死去的邦加就不再是邦加了嗎？

知情的人絕口不提死這個字，卻又說鬼魂是邦加。到底是誰心中有鬼？

棕櫚樹旁的樂隊都是老面孔，每年夏威夷熱浪季都有他們。有一次，其中一名鼓手的鼓面破了，開玩笑對我說，「來，小妹妹，幫我跟陸教授要一張山羊皮補一補。」

我嚇到哭。

鼓手結實的二頭肌青筋浮凸，中文怪聲怪調，腮幫子鼓起來對人噗噗吹氣，五官擠在一塊時，還以為他要打我。總而言之，團員大多很奇怪，媽媽要我別接近。

其實，我知道誰弄壞他的鼓。

是邦加。他玩泰山遊戲，見到繩子就拉，盪過來，盪過去。喔咿喔咿喔。沒想到休息區的窗簾拉繩應聲斷掉，幸虧有一旁的鼓面讓他踩，沒摔傷。不過，他接著又在鼓面上蹦蹦跳跳，啪一聲，鼓面破了。他要我別說出去。我們之間有保密協議，我穿壞草裙裝的事，他也不能對任何人說。我們時常會跑去販賣部，偷吃裡頭烘烤過久的熱狗，它們賣相不佳，但味道還可以，可樂姊人很好，暗地裡支持，「反正沒賣掉，也得丟。」

他惹人厭時，我會假裝生氣，不理他。邦加太好動，破壞力強，惹出許多麻煩事，連柳阿姨都管不住。他不肯喊她媽媽，讓阿姨很生氣，將邦加反鎖在房裡。他常用好幾件衣服做成垂繩，加上骨架瘦小，能夠輕易地從氣窗鑽出去。

邦加認識許多奇怪的人，像是耳環沒串在耳朵卻穿鼻頭上的人。邦加在那群人中既不顯眼，個頭又小。他常跟這些奇怪的人在樂園裡鑽進鑽出，我只好想辦法跟上他們的速度，翻牆、爬欄杆、跳水池，要是我慢一點，他就會不耐煩地要我走開。

我曾努力想和邦加要好，消磨我的寂寞。可是邦加像塊厚冰，得握好久，才能融化一點點。安培的個性有點像邦加，一旦認定的事，便不會輕易改變，安培的爸爸就不一樣了。

程警官推測帶走小小孩的人有兩個特點：第一、很會哄小孩，讓孩子沒有戒心；第二、對遊樂園熟悉。

他說：「如果是陌生人，孩子應該會大聲喊叫與抗拒，要不然，就是能安撫小孩。遊樂園雖然人很多，要避開監視器的死角也不容易。嫌犯卻成功不留痕跡。」

仔細回想，在我還不知道小小孩失蹤時，好像瞥見一些可疑的人，又不是很確定。在程警官反覆詢問下，才說出了長期積壓在心中的祕密，「邦加消失那天，我好像看到帶走他的人。剛剛我好像看到那個人。」

這句話，像顆炸彈落在人群中，讓所有的人譁然。

柳阿姨突然用兩手抓住我的雙肩，「小裘，妳說的是真的嗎？妳再說清楚一點。」

不知道自己重述多少遍，但只要看到大人眉頭一皺，便會覺得是自己說錯了什麼。到後來，我也不確定還有多少記憶是正確的了。

服務中心的空氣不流通又太過擁擠，混雜人的汗酸味，幾乎使我暈眩、窒息。

程警官、柳阿姨和葛伯伯把我團團圍住，不斷打磨我模糊的記憶，直到影像再次浮現。弄得我神經緊繃，擔心自己會不會多說什麼？或是少說什麼？有沒有忘掉的細節？

我抵擋不住他們的盤問，只好說我實在想不起來了，可能我的日記裡有寫吧。

爸爸來了，放下所有的工作，趕過來了。他的身上還分泌一股毛髮的油脂味。

我放聲大哭。爸爸用拇指拭去我臉上的淚痕，輕拍我的頸背，像安撫一隻受驚的小鹿。

嚇壞我了。

他們搜索我和爸爸住的房間，翻出所有的日記，一本一本放進證物袋裡，包括所有的塗鴉。我心想，也許日記真能幫上一點忙。

還沒破案之前，我十二歲的日記成了證物，列管在鎮警察局裡。

7 碰碰車：凡走過必留下痕跡

碰碰車需要外力驅動，才會加速、減速、碰撞及改變方向。你們就像碰碰車，從今天起，你們所遇見的人都是那股力，都能讓你們找到自己的方向。

——森林實驗中學自然科教師　費財

焦慮時，我習慣啃指甲，咬到起毛邊不規則，需要指甲剪修弧度。媽媽以前會幫我剪到不留白，讓我沒機會啃咬。媽媽不在，我更想咬指甲，真想念媽媽纖纖的手感。她常常躲進自己的世界裡，那是她的不嚕樂園；特別是她莫名流淚的時刻。與爸爸工作的樂園不一樣，媽媽的不嚕樂園會從現實世界漸漸縮小，只存在她心裡。我發現媽媽的樂園時，剛剛入秋。

「媽媽，我可以進去嗎？」我冰涼的小手貼著她的心跳。

一開始媽媽很意外，我發現了她心中的不嚕樂園。媽媽放空的時候，不管怎麼叫也無法回神，那時就是她想安靜的時候。

我習慣了媽媽老是人在心不在。她跟我說，「小裘，其實每個人的心中都有一座不嚕樂園，是一磚一瓦建築的也好，是憑空想像的也好，只要把喜歡的事物擺進去，討厭的事物趕出來。不如意時，躲進那個樂園，就能找回生活的勇氣。」媽媽對我眨了眨眼睛，「那裡沒有家規、校規，可以隨心所欲想做什麼就做什麼。」

原來，我的腦袋瓜裡那些稀奇古怪的東西，是樂園的雛型。

有時，媽媽會一轉再轉音樂盒，讓那一首神祕的樂曲在房間裡迴響。我真想把斷掉的音樂盒裝飾黏貼回去，再把生鏽的地方重新拋光。也許弄模型作業時，安培能幫上我一些忙。

可是，我們的進度並不理想。

安培太過完美主義，稍微歪曲也不行。吳郭瑜測量尺寸很隨便，小數點無條件捨去，想趕快交差了事就好。我接下繪製草圖、裁切素材，過程中心神不寧，哎唷一聲，刀片差點割傷手指。

「使用工具要專心，不要想別的事情。」安培說話好像外公喔。

「我們做好久了，能不能休息一下？一起去找嫌疑犯。」吳郭瑜擺明找藉口。

「真拿你們沒辦法。」安培放下手裡的膠水跟竹籤。其實，他心裡想什麼，我們多少猜得到。

我們在村子轉來轉去，毫無所獲，一路回到樂園，走一遍邦加和那幫人曾走過的路線。他們特別愛玩碰碰車。每個人都喜歡掌控方向盤，不愛當乘客。碰碰車很安全，只不過地板有點滑溜。

「這些粉狀物是什麼？」

「是石墨。」安培用食指沾了一點，來回搓揉。

我們站在場地旁邊，踏著欄杆縫隙，屁股抬得老高，方便過濾每一張大大小小的臉孔。場中央的車子不斷碰撞。車子有一根垂直的電杆，連接通電的電網，電網發出嗶嘰啪嚓的聲音，並產生焦重的火花味，久了，整個場地煙霧迷漫。

我想起來了。

他們手臂上有奇怪的刺青，好像隨便弄上去的，文字與圖案很隨興。那些傢伙一人駕駛一輛碰碰車，夾擊邦加，使他動彈不得。即使他將加速的踏板踩到底也掙脫不了，除非有另外一輛車從旁追撞，才能彈開扭結的橡膠車，逃脫困境。

只要有一股推力，邦加就得救了。只要有適時的外力。我好希望當時的自己能及時救他。遇到困難時，我會找爸爸媽媽，可是，並不是每個人的爸媽隨時都在身邊啊。

我想得出神，長排的隊伍中，有人撞了我一把。我向前撲，跌進場地，兩手不停地在空中抓，卻沒抓到任何支撐物，地面上滑溜的石墨粉讓我像一隻泥鰍，一直往中央滑過去。我的耳邊依稀聽到安培與吳郭瑜的呼救聲。

正當我感到快完蛋時，拎起我的阿言哥，把我夾在汗流浹背的腋下，像帶球跑的橄欖球員，走出場地，留下兩行不規則的耐吉鞋印。

他生氣極了，「要不是我輪調這裡，出手救援，妳早就變咖哩肉餅了。」

我抽抽噎噎地哭，嘴裡倔強辯解，「我哪裡像咖哩？我才不是。」

阿言哥又氣又笑，「妳怎麼老是搞錯重點。」

差點沒命的經驗，我怎麼也忘不了。這種突然降臨的危險與及時救援並不是每次都能天衣無縫。從那時候起，我不敢做那個，不敢做這個，老是疑神疑鬼，擔心惡作劇之神又來搗蛋，萬一沒有人救命怎麼辦？

安培取笑我，「膽小鬼小裘。」

「也許你說對了。我就是個膽小鬼，那又怎樣，至少我沒再製造大麻煩。」

壞事還不止一件。

那天晚上，程警官在執行夜間攔檢酒測勤務，一台國產小轎車駕駛拒檢，高速撞開交通錐，加速逃逸。程警官立刻開車追捕，更可怕的是，一顆子彈從前方的車窗外，向後擊發，射穿擋風玻璃，幸虧防彈背心救了他一命。程警官的警車因此翻覆，導致他多處撕裂傷。

鎮上每個人都受過程警官照顧，紛紛趕去醫院探望。安培媽媽是第一個趕到的人，情緒非常激動，累積已久的壓力一下子全部崩塌了。許久之後，她幽幽地說：「安培需要你，我們重新開始。我也需要你回來。」

程警官頻頻點著腫大的下巴，「辛苦妳了，我會好好考慮的。」

安培的外公在世的時候總是生氣。

「外公認為爸爸沒盡責任，沒有陪伴我成長。」安培嘆了一口氣。

「別傷心，有我們陪你啊。」

安培對我坦白，「拆掉爸爸的汽車啟動線圈，希望他能留下來，後來裝回去，以為可以恢復原狀。」

他認為程警官翻車是他害的，儘管沒辦法證明是否如此，但這個祕密卻像大鉛球一直壓在他的心裡。安培認為自己是偽裝勇敢的膽小鬼，保護不了小小孩，保護不了任何他想守護的人。

「我蠢到差一點害死爸爸。」

「不是這樣的，如果你沒裝好，照理說車子不會發動呀。」

「小裘，我知道妳想安慰我。但我仍然想替爸爸做點什麼。」

我也是。但我沒說媽媽的事。

有時候，我們一時興起的小念頭跟惡作劇常常讓大人們氣得跳腳，只因為想要引起他們的注意。我太了解在大家面前哭的作用，不管對錯都能轉移焦點，逃過責罰。安培的心情，我真的能體會。可是，邦加搞的是破壞，往往無法還原，尤其是園內的設施。

邦加失蹤的事，夠讓我傷心了。

安培並不知道，我害怕壞人隨機出現，再次犯案。恐懼如影隨形，擔心下一個失蹤的是認識的人，甚至是我自己。

「程警官會沒事的，只要下次別這麼做就好。」我說。

我們一起到醫院走廊盡頭投販賣機，安培投下三枚硬幣，掉了兩瓶檸檬汽水，打開時，飛濺一地。他總是喜歡搖一搖罐子。

突然間，安培大叫，他想起一個關鍵的線索，遊樂園的地面到處都有液體潑灑地面後乾掉的痕跡，例如：汽水漬。

「一點，一點的，該不會是小小孩留下汽水的痕跡吧。」

「可是園內有太多這種噴濺的汙漬。」我覺得水槍根本容納不了太多汽水，剩餘能噴的都在我身上了吧。

「但是，用水槍噴出來的形狀可就不多了。」安培認為，即使只有一處，也能提供可能的離開方向。

對安培而言，只要不放過任何一種可能，都值得試一試。我們當然義不容辭。

隔天。我們分頭尋找。除了廣場上的廁所拉上了封鎖線，我們無法進入之外。販賣部、摩天輪、表演台，能找的全部找過了，卻沒有找到明確的線索。我們分不清哪些是遊客意外打翻時留下的？還是小小孩的求救訊息。還有哪些可能是魚目混珠的地點？

「只剩下出入口了。」安培說。

我們仔細觀察，發現這裡反而比其他地方乾淨，奇怪，為什麼出入口都沒什麼糖漬？

就像地圖標記，我記錄所有糖漬的地點。一百九十八個糖漬。這些人怎麼連汽水都拿不好啊（好吧，我就是其中之一）。

當我看到清潔人員拿著噴槍沖洗地面，我才明白這一切追蹤根本徒勞無功。有些痕跡早就清除，但我相信做壞事可不一樣，一定會留下痕跡。

8 走鋼索的人

走鋼索的人張開手臂維持身體重心於鋼索鉛垂線上，對鋼索保持力矩為零。道理簡單，還是要經過長久訓練才行。

——森林實驗中學自然科教師　費財

我們所有人的爸爸都被生活綁架了，而我們也被考試及作業綁架了。我們的身體跟柔軟的內心彼此拉扯，想休息的時候必須工作或上學，真正休息時又擔心自己會不會落後，保持身心的平衡真的好難。

父親節那天，安培嘴巴不說我也知道，他盼望程警官能回家，但是因為警力不夠，依然要執勤。我也不敢惹吳郭瑜傷心，父親節對他更是難熬。昨晚，我畫了一張圖送給爸爸，畫了我們全家手牽手，一起逛動物園。但是爸爸特別累，倒頭就睡，連看都沒看，根本沒有精力陪我說說話。他累到睡到中午也沒醒過來，我肚子餓得咕咕叫，擺在桌上的葡萄吐司長出了黑黴，炎熱的天氣，食物容易腐壞。我嘆了一口氣，把電風扇的風量調到適中，用涼被蓋住爸爸的大肚腩。

我悄悄溜出門。

馬路變得灼熱，運動鞋底透進一股熱燙。我快速跑向安培家。結果，我們什麼也不想做，屁股貼著小板凳，懶洋洋舔著紅豆牛奶冰棒。

「俄羅斯特技團來了，我們去看好不好？」我提議。

「好耶！」他們頭一次異口同聲贊成。

我們往遊樂園的方向奔跑。主要幹道兩旁飛揚著五彩繽紛的布旗，宣傳旗幟飄揚好幾天了，俄羅斯特技團是吸引暑假遊園的重頭戲。

現場擠得水洩不通，我們沒排隊，從後台進去。我們以為會看到美女與野獸或是空中飛人。事實並不如我們想的那樣，他們身上穿著皮外套跟高筒靴，敞開的外套下穿著單薄的深V表演服，厚重的妝容下，感覺飽受風霜。另外，總是嘰哩呱啦講著我聽不懂的俄語。

爵士鼓的打擊節奏增快了。鈴鼓、電音混雜，那並不是俄羅斯音樂，跟電子花車倒是很像，巴啦啦，巴啦啦。入境隨俗也沒什麼不好，漢堡跟包子一樣好吃，都能滿足觀眾口味。對我們來說，只要沒看過，都算新奇。

舞台中央的天花板垂下兩條殷紅的緞帶，表演的女孩很年輕，年紀比我大，比可樂姊小，她纖細的雙腿倒勾住緞帶，就像扭結的麻花卷，上上下下，轉來轉去。搭配她的另一個男人，年紀足夠當她爸爸了。兩人之間需要極度的信任，才能確保表演順利。

接著，女孩像一隻豆娘，兩手撐開，一步一步輕盈地走在鋼索上，我注意到她腳上的芭蕾舞鞋磨損嚴重。台下掀起驚呼的聲浪。鋼索的高度約有二樓高，舉手投足，險象環生，我注意到底下沒有安全網或彈簧床，不由得暗自冒冷汗。

她的金髮盤繞在頭頂，戴著粉紅色的玫瑰花環，皮膚上的細毛有如金色絲線，眨巴著無辜的大眼睛，電得觀眾六神無主。瞧吳郭瑜目瞪口呆的樣子就知道。

更讓我生氣的是安培。我沒看過他目不轉睛盯著瞧的模樣，好像巴不得望進她的靈魂裡，從來不曾。

沒想到，安培竟然說：「那女孩在求救。」

「求救？什麼意思？」

「妳看她的眼睫毛，三短眨，三長眨，三短眨，是ＳＯＳ求救信號。」

「搞不好你會錯意。是人家眼睛痠痛的反應。」

「那是暗示訊息，不會錯。」安培的表情跟程警官真像。

我的腦袋瓜閃過國際犯罪組織販賣兒童或榨取未成年人勞力的各種想像，而這一切細節，全來自安培的轉述。我不知道他是從哪兒聽來的，電影、新聞或是來自他爸爸。我一面覺得危險刺激，一面覺得身不由己，要是我不參與，好不容易擺脫膽小鬼這個稱號，鐵定回到我身上。吳郭瑜那個傻瓜以為我們要去討簽名。

我戰戰兢兢跟他們後面，要是發生什麼事情，拔腿逃跑比較方便。我在內心列出幾個可能的救兵，阿言哥、葛伯伯、程警官或是任何一位比我年長的大人。

前台的掌聲雷動。

深紅色布幕後方空著的時間比使用的時間還長。只有特別節目才開放的表演台灰塵重，牆壁髒兮兮，後台只有換衣間、儲物間跟洗手間。老賈推著雜物，打開儲物間，裡面的東西像土石流一樣倒下來。他嘀咕抱怨，「到底誰擺的？」

他把身子側著進去，再把一整捆壓平的紙箱、寶特瓶拖拉進去。

我們趁他進去的瞬間，悄悄溜去後台換衣間，掀開布簾，衣架掛著各式各樣的表演服，箱子及表演工具堆在牆邊。

此刻，她的搭擋正在舞台雜耍鐵環。

她縮著身子席地而坐不斷搓揉腳踝，拆開綁帶，發現腳趾腫脹得分不開。我們進入房間時，嚇到她了。見我們是孩子，才鬆了一口氣。

「妳怎麼了呀？」我問。

女孩會說簡單的英文夾雜中文。她叫杜妮雅。

吳郭瑜嘴裡吐不出象牙，動不動就法克開頭法克結尾。我摀住他的嘴，為他的粗魯感到抱歉。倒是杜妮雅被逗樂了。

雙方比手畫腳，搞了幾分鐘，似乎有點明白她遇到什麼事。

杜妮雅來自莫斯科城郊的小鎮，土地比我們的鎮大上許多，但她的家鄉卻只有一間學校。她沒上過學，從五歲開始，體操就是她的生活重心。入選奧運國家代表隊是她唯一的心願，卻落選了。心情沮喪下，她意外看見特技團的徵人海報。獨自離家時，她沒告訴任何人，包括她的母親。

原先期許自己能闖出一番天地。出國後才發現，事情完全失去控制。她的薪酬、她的自由、連她想學巴拉拉卡琴也不能隨心所欲。最讓她難過的是，有些國家對表演者的漠視與歧視，加上不適應氣候與過度操勞，讓她一直想脫離這種生活。

杜妮雅的夢想被綁架了。

安培錄下她的話，逐字聽譯，還找了我爸確認是否有所誤解。

「陸教授，你能幫幫她嗎？」吳郭瑜很心急。

爸爸深深嘆了一口氣，「辦法是有，但會踩到老闆的底線。」

鬢鬚白了的爸爸鮮少處理動物以外的複雜事情。加上這件事萬分棘手，破壞園方的演出企畫，等於拿磚塊砸老闆的腳。

正當我們拿不出什麼好主意，杜妮雅卻在稍後的表演時，發生了意外。

她腫脹的腳不如先前靈活，搖晃使她失去平衡，像脫線木偶，砰磅一聲，從二樓高的鋼索摔下來，表演因此中斷。

「那個眨眼不是給我們看的，」安培終於明白，「是給她的搭檔看的，她撐不住了。」

爸爸認為這算禍福相倚，也是不幸中的大幸。短期內無法表演，至少能夠休息一陣子。生命總能找到出口，眼前的路斷了，就得繞道而行。要是杜妮雅被解雇返國，回歸平凡的小鎮姑娘，也強過無根漂泊的表演生活。

幾天後，杜妮雅真的走了。特技團高層嫌她累贅，根本沒有人關心她。

「怎麼不等腳傷好了再走，我可以照顧她啊。」吳郭瑜傷心得很。

他特地為她準備豪華鮮魚壽司套餐，期望一起享用卻落了空。我們不介意幫忙吃掉，還帶了一部分給葛伯伯下酒，他對鮪魚肚壽司悶哼一句，「就這一點嗎？」

我們把一半的份都給他。

吳郭瑜下定決心表示，「等我長大，要開著海釣船去俄羅斯找她。」

最好一般的漁船能突破鄂霍次克海流冰，抵達他夢中人的土地。

我們狼吞虎嚥，不想潑他冷水，帶著敷衍支持吳郭瑜口中的人生大事：他想像中的大海、航行路線與夢想中的凍土。他眼裡萌生朦朧的希望，好擺脫重複昨天的老循環。杜妮雅占據他所有心思，其他人像是空氣，他理也不理。

當天晚上，我的惡夢產生了。腹部絞痛，臉色鐵青。爸爸送我去醫院掛急診，值班醫師判斷是急性腸胃炎。

她用手指輕輕拍我的肚皮，啵啵的像打鼓一樣，又脹又痛。

「吃了些什麼？」

「訣別的握壽司。肯定不是海姥姥做的。」我有氣無力說，「可是葛伯伯吃了就沒事。」

「妳認識？」

我瞧瞧醫師袍上綠色的電繡名字——葛薇兒——立刻明白她是誰的女兒。

她開了藥讓我服用，耐心又溫柔。第一次見面，我竟然是抱著肚子痛前來，破壞了整個美好的初相見。當我提到葛伯伯時，她垂下臉，「他還好嗎？」

「不賴啊。只不過沒以往那麼有工作效率了。他修復機器很慢，手老是發抖，清醒的時間不多。」

她若有所思，打開抽屜，拿出一排藥丸，「幫我拿給他吃，好嗎？」

我點點頭。「可以配酒嗎？」

「當然不行！」

「那要吃進葛伯伯的肚子可難了。」

我徹底出賣葛伯伯所有的事。想也知道，葛伯伯可不希望我這麼做，但我多了葛醫生這個大朋友。她身上的白袍有戒酒貼圖，幫過許多酒鬼的她只有葛伯伯搞不定。我不禁想，要是能說服他來醫院戒酒，兩人也許可以重新和好。轉頭再想，那可真難，他喝到神智不清時，連走出樂園都步履蹣跚。

爸爸攤在醫院的等候椅上，歪著頭、打呼嚕。他的重心從家庭移轉到動物，媽媽從我移轉到即將出生的弟弟。大人的重心變來變去，總脫離不了賺錢、工作、家庭，而家的順序排在最後面，那我呢？我該怎麼辦？

好不容易不再腹痛痙攣，我終於可以回家了。

我環抱爸爸的肩頭，他對我說：「小裘，媽媽不在的這段時間，爸爸太忙，沒辦法整天陪妳，委屈妳了。」爸爸用靦腆的笑容回應我整晚的苦難。

「我沒委屈。要是小裘像媽媽一樣減輕你的負擔，該有多好。」

「小裘這樣想的嗎？」爸爸一個勁地傻笑著。

當我們回到宿舍，開門，關門。我畫的那張全家福已加上木框，掛在門板上。

9 白老虎想回孟加拉

麻醉手槍可調整壓力閥，可做出不傷害動物的中、近距離射擊，其原理是藉由CO_2氣瓶產生的氣體彈射針筒，彈頭前面是針頭，連著藥管。擊中後，子彈停止運動，尾塞因慣性繼續向前推進活塞，將藥管的藥物注射到動物體內。

——陸德威教授

整座城鎮即將甦醒，布穀鳥的叫聲鑽出林子，晨露溼了屋瓦及石徑。外頭氣溫猶如早春的涼水。

我早醒了。賴著床，瞪著天花板，壁虎迅速爬過輕鋼架，角落的蜘蛛網多了一隻飛蛾，正垂死掙扎。

我聽到鵝卵石小徑有動靜。廚房的阿姨正往食堂移動？還是早起的住房旅客外出走動？我的肚子咕嚕，咕嚕響個不停，爸爸睡得正酣，不想吵醒他，自個兒沖泡牛奶，心急下，按壓熱水瓶得費許多力氣，一不小心讓熱水濺到我的手

背，還好面積不大，用冰冷的嘴唇吮一吮，就沒事了。打開窗戶，把馬克杯放在窗台邊降溫，等著東邊第一道曙光。要是以往，邦加會在窗外叫我出去。

守了一整夜的琥珀色照明燈剛剛熄。
晨霧瀰漫雙眼。空氣中有青草香。我感覺到林子裡有白色影子越來越近。

不得了了。

我揉揉雙眼，簡直不敢相信。白老虎的那雙水藍眼睛渾濁了，恢復野性的大貓，沒有懇求，只有渴望，露出獠牙，吼一聲驚醒了爸爸。

爸爸彈跳而起，加快平常的準備動作，戴眼鏡、套工作褲、橡膠鞋，褲管上有零星的爪印跟汙漬，鈕扣也掉了，他抓了皮帶繫上褲腰，嘴裡不斷叨咕，「糟糕，鑰匙呢？」

翻箱倒櫃時，摩天輪旋轉音樂盒被爸爸撞倒在地，裂開了。

我一面收拾音樂盒碎片，一面擔心爸爸的安危，而白老虎緩緩擺尾，再次走進油桐樹林。

每年桐花時節，樹梢白了頭。現在進入盛夏，牠身上的白毛皮反而成為綠林間明顯的焦點。

所有人員出動了並且通報消防隊。小鎮的消防隊可不悠閒，要解決的事五花八門。除了救火，還得捕捉闖入民宅的雨傘節。這次的白老虎更加棘手，遊樂園不能停止營業，離開園時間還有三小時，趁還沒傷人前，得趕緊找回來才行。

白老虎會吃人嗎？我不確定了。

消息傳得很快。鎮上的人對老虎好奇又不敢出來。方圓數里，遠遠傳來吼聲，通報電話一通響過一通，園方、鄰長、消防隊，家家戶戶奔相走告。

爸爸傷透腦筋，「牠會躲哪兒呢？」

我跟著爸爸後面，了解狀況。

園區管理員說柵欄並沒有咬壞或外力破壞的跡象。但是，柳阿姨昨晚沒回宿舍，到處嚷嚷著，她看見了邦加。其他動物並沒有失蹤，仍待在獸欄。為什麼只有白老虎脫逃？

根據昨晚的監視錄影帶，白老虎仰頭等待著柳阿姨手裡的肉，柳阿姨也如同往常餵食，看起來沒有異狀。

那隻老虎待過馬戲團。日子只有鞭子、飢餓與買賣，最後流入遊樂園，等著終老。不知道牠是否想過，有一天能回孟加拉。沒人算得出牠的年紀，只知道火圈使牠毛躁，鞭子讓牠激動。

「我得去拿麻醉槍。聽著，妳給我乖乖待在房裡，哪兒也不准去。」

「可是，我……」

原本我想遵守爸爸的囑咐，待在安全的室內，偏偏那天為了做雲霄飛車的軌道，我們早就約好去海魚屋後面的竹林削竹片。我們想利用竹子的韌性，折彎成一圈又一圈。

當我打電話想取消時，安培媽媽說他剛好出去了。

我不能食言，也怕他遇到老虎，我得去警告安培跟小瑜，便抓起帽子戴上，從圍籬鑽出去，順著車道跑下山，幾隻烏鴉嘎嘎竄飛嚇我一跳。

山下入口處有一片水泥地，晒著蘿蔔干跟梅干菜，再過去是綠油油的稻浪，戴斗笠的農夫站立田中央，彎腰除草。農人提早搶收果實纍纍的柚子樹。颱風快來了。

沿途，有搜索隊進行安全防護，他們嘈雜拿著網子、麻醉槍，分開進行。

我一腳於前，一腳接後，奔跑在田埂上，田埂泥濘鬆軟，踩出一條光禿。福壽螺發出啵滋啵滋的聲音，白鷺鷥依舊低頭啄食，一路直通竹林口，林間透出沁骨的涼。一群麻雀振翅高飛。我渾身是汗。

當我排除萬難到達海魚屋，海姥姥的廚房門對外敞開，飄散混雜生猛海鮮與生肉的腥味。通常，她會一大早外出採買一些當季鮮蔬。

我聽見屋後的竹林傳出唉呀一聲。希望不是有人遇到老虎，我一邊祈禱，一邊尋找聲音的方向。

幸好不是。

竹片帶刺的毛邊畫過安培的掌心，右手的虎口被畫開一條傷口，鮮血絲絲滲出。吳郭瑜嚇得臉色發白，不巧的是海姥姥外出，找不到急救箱。靈機一動，想起身上的手帕與髮圈，可以作簡單捆紮、止血。

「謝謝。妳處理得好專業喔。看來，模型作業得靠妳跟吳郭瑜了。」安培苦笑。

可是我笑不出來，那句話意味著，整個作業全靠我了，吳郭瑜一點忙都幫不上！眼看就要開學了，模型作業肯定交不出去。

吳郭瑜卻說：「真拿你沒辦法，讓我來削。」

老天，他知道自己說什麼嗎？我翻了個白眼。

「吳郭瑜要讓我們刮目相看嘍。」安培說。

只瞧吳郭瑜右手一橫，抹掉兩行透明的鼻水，帥氣拿起刀片，先來花式轉刀，刀子在他指間翻過來轉過去，挺有架勢，咻，咻，咻，動作滿分，實際上，削的是隱形的竹子，根本沒什麼變化。

「我們海魚屋的涼拌竹筍都是我備料。」

「最好是啦。」我就是喜歡吐他槽。

突然間，他停下手的動作，原本修得差不多的竹片裂開，作業進度不僅沒推進，還毀於一旦。吳郭瑜整個人變得僵硬，牙齒不斷打顫。

「怎麼了？」在我後方，傳來龇牙咧嘴的咀嚼聲。

他吞吞吐吐，「有，有，老虎。」

我們一起轉頭。慘了，安培受傷得太突然，我完全忘記老虎的事了！

白老虎正大口咬開包裝袋，看起來飢腸轆轆。此刻，豬肉快被吃光了，好像還吃不夠的樣子。

我和白老虎四目相對。輪到我的牙齒打顫。安培也是。但老虎沒有動，我們則是動不了，時空像被凝結成果凍。正當我祈求一切就繼續這樣靜止不動，一聲刺耳的警哨打破僵局，白老虎受到驚嚇。幾秒後，搜索隊員全副武裝魚貫進入竹林裡。

白老虎突然朝我們奔馳過來。我腦中一片空白，嚇到動彈不得。千鈞一髮之際，爸爸從老虎身後出現，手裡拿著麻醉槍，直直朝老虎射過去，牠發出一聲哀嚎，只差幾步虎爪就撲向我的身子，應聲倒在我跟前。四周立刻有一群身手矯捷的消防人員湧上來，撒下天羅地網，用網子、帆布蓋住龐大的身軀。

藥效來得又急又重，白老虎跟離開孟加拉那天一樣，失去知覺，失去回家的方向。

我躲在爸爸背後，緊捉不放。

爸爸沒有對我的私自行動勃然大怒，他攬我入懷，抱緊處理，這讓我感到更加心虛，要是爸爸來遲一步，後果不堪設想。雖然，我知道就算老虎撲過來，他也會以身阻擋，不會動搖。但我還是關不住心中的疑問。

「沒有小裘惹麻煩，爸爸是不是會過得比較好？」

「說什麼傻話。有小裘，爸爸才過得好。」

「那麼，有了弟弟之後，是不是沒有小裘，也沒關係。」

我的臂膀被爸爸施加了從未有過的力道，他忍住了滿腔的怒氣。

「以後，不准妳再說這種話。爸爸愛妳也愛弟弟。」

「對不起。」我將頭埋進的爸爸的懷裡，聲音小得只有我自己聽見。

其他人忙著把白老虎載回去。牠離孟加拉越來越遙遠。

吳郭瑜發現屋後的柳阿姨跟一窩小貓。她說看見邦加往林子裡走。她閃神、健忘、妄想的行為越來越嚴重，一有時間就到處找邦加，許多人都在心中認定，她看見的是邦加的鬼魂。有人說，該不會是柳姨忘了關上門。的確，有可能，但沒人忍心責怪她。

她嚷嚷著，「邦加在這裡，就在附近。你們看到了嗎？」

誰都知道除了潮溼的南風，風吹不折的桂竹、蛻盡的蛇皮之外，根本連個鬼影子都沒有。

白老虎打破小鎮的寧靜，再次擾動原已逐漸塵封的失蹤事件。

鎮上的人，聚集大批人力尋找白老虎，卻沒有相對應數量的人力尋找邦加，所有人都低聲不語，覺得愧疚。

鎮長拍胸脯保證，他要成立小鎮巡邏隊，讓每家小孩甚至小狗即使跑到隔壁鄉鎮都能安全回來。

「我加入。」安培第一個自告奮勇。

小瑜率先拍掌，接著陸陸續續有人出聲報名加入，直到在場所有人掌聲雷動。

尋找邦加的事，終於又燃起一線希望。

大人們運送白老虎回樂園，以為事情已經落幕，以為小鎮再度恢復以往的寧靜，直到爸爸清點物品時，才發現少了一支麻醉槍，雖然通報消防隊了，爸爸還是擔心，萬一落入歹徒手裡，會成為犯罪工具。

吳郭瑜很擔心海姥姥，不想引起大家的注意，他墊起腳尖，小心翼翼穿過海魚屋的廚房。我跟著他走在過道動線。

日光照亮用餐區的檀木桌，玄關收銀櫃檯擺著一盤水藍色薄荷糖。屋內靜悄悄，門庭若市的光景不再。小瑜拿起掃把，清掃碎掉的茶杯，整理凌亂的廚房，海姥姥要是回來看到這種情況，一定會心疼不已。

奇怪的是，都到了十二點鐘，送貨上門的鰻魚販不管怎麼喊，海姥姥怎麼都沒出現。

10 姥姥的響蟬

「響蟬」利用摩擦與震動原理，產生共鳴作用。人與人往來，經常會發生爭執或衝突，內心受到外力刺激而撼動，繼而出現共同感受或情緒反應。

——葛薇兒醫生

我們加入了巡邏隊，和鎮民們一起找海姥姥。

愛倫坡也出動了，但不牢靠。牠完全不受控制，愛往哪，就往哪，聞到的不是病老鼠就是死麻雀。

「我說安培啊，愛倫坡真的是一隻警犬嗎？」

「別懷疑。有一半血統也夠用了吧。」安培撫摸著愛倫坡的下巴，「這樣好了，我們找些屬於海姥姥的東西給牠聞。」

我推了吳郭瑜一把，「你快去給愛倫坡聞一聞。」

他指著自己的鼻子說，「我三天沒洗澡，可以嗎？」

果然，愛倫坡對他興趣缺缺，甚至轉過頭去，打了幾次過敏的響鼻。但愛倫坡對我可不是這樣，牠超喜歡猛舔我的臉龐。

「愛倫坡是一隻笨狗狗。」吳郭瑜氣炸了。

氣歸氣，但他比任何人更擔心。小瑜找到海姥姥親手做的小玩意兒——響蟬——竹子做的。他看過海姥姥裁切一小節竹筒，挖小洞，牙籤綁定釣魚線，穿過洞口，另一端綁竹筷，竹筷的凹槽，填好加熱後的松香，磨去多餘表面，綁上釣魚線，甩繞的時候會發出嗡嗡聲。

過去，他曾有過二、三個竹蟬，但全都玩壞了。

對竹蟬有興趣多了的愛倫坡不斷嗅聞，還含進嘴裡，當它是根骨頭咬咬看，磨磨牙。安培出聲制止，「愛倫坡，這不是磨牙棒。」

愛倫坡嗚咕一聲，顯得好委曲。

我們牽著牠到處嗅聞。電線桿、公告欄、公車站。一面失蹤人口的協尋布告欄上，原本貼著邦加的相片，如今已經泛黃，而小小孩的相片卻油墨簇新。

海姥姥出生鹿兒島，全家移民到濁水溪一帶，十五歲嫁給布農族獵人，獵人丈夫卻因觸碰通電的警備網，全身焦灼身故。姥姥撐起家計，撫養一男，也就是吳郭瑜的爸爸，他十八歲娶了關西女孩，女孩有一半山東血統，吳郭瑜說他愛吃大饅頭，也許是這個緣故。我會這麼清楚是因為他拜託我幫忙寫族譜作業，花了一整個下午，逐字逐句從海婗婗口中問出來，雖然，她說話吞吞吐吐，說她的婚姻不算是真正的婚姻，結局並不圓滿。我們眨巴著眼睛，靜靜地聽她說。

只要提及往事，海婗婗會喃喃自語，讓人弄不清楚，她指的是女兒還是孫子。不止如此，她搞錯客人的餐點、忘記收錢或者再跟客人收一次。通常天未亮，就徒步搭車去漁港買魚，直到有一次海婗婗忘了怎麼回家，呆坐路旁。幸好，程警官巡邏發現，載她回家。魚販見她年紀大了又是熟客，願意提供送貨到府，減少她來回奔波以及迷路的風險。

這還不打緊。

最嚴重的一次是，海婗婗疑惑地瞪著小瑜，「你是誰？」

吳郭瑜嚇到了嗎？當然沒有。每當海婗婗問他是誰？他簡直樂在其中，勤於變換身分，有一次他還當著我們的面說自己是某個小童星。我們建議他要不要實際點，胸前掛一張名牌，這樣姥姥可以直接喊他的名字。然而，吳郭瑜的回答，真令人意外，「你們以為我沒試過嗎？」

據說姥姥捧起他圓圓的臉，左搓右揉，滿臉辛酸，「怎麼瘦成這樣呢？」

孫子認成兒子。姥姥要他乖乖等著，馬上洗手做羹湯，陸續端上小瑜爸爸愛吃的家常菜。可是，小瑜顯得委曲，「我老爸餐餐只吃茶泡飯！」

不只如此，當姥姥端上日式炒麵加滿滿的生薑。他只好捏著鼻子，含著眼淚囫圇吞下，「我倒寧願只吃茶泡飯。」吳郭瑜被嗆得滿口辛辣。

當海姥姥的失憶越來越嚴重，變得多疑。吳郭瑜的反應也變奇怪。

他端張板凳，站上去，墊腳拿掛在門沿上的鑰匙，打開冰箱，冰箱頓時成為他取之不盡的庫房。魚子醬、玉子燒、洋菜凍、螺肉跟小魚干，把所有能吃的東西通通塞進肚子裡，然後又吐了出來。

我非常生氣他折磨自己的方式。事情不是這樣就能解決。

吳郭瑜的嘴巴癟得扁扁的，「姥姥早忘掉我了。可是，只要冰箱一空，姥姥就會煮飯菜，只要我通通吃了，姥姥就會回來，我本以為這樣就夠了，到最後爸爸媽媽離開我、姥姥還是不認得我。」

怎麼我的眼眶泛淚，一陣鼻酸，真不習慣小瑜抽抽噎噎的樣子，不曉得該怎麼安慰他才好。

「孩子，這不是你的錯。」說話的是葛薇兒醫生，「姥姥腦子裡，認為她的兒子，也就是你爸爸還沒長大，只是個孩子。」

她牽著海姥姥的手進門，姥姥的手裡拿了一個竹蟬，嗡嗡作響。

吳郭瑜立刻撲進姥姥懷裡。

「你也要玩？」姥姥問。

小瑜立刻和姥姥玩響蟬。

原來情況是，海姥姥去了市區，迷了路。幸虧，姥姥以為上班途中的葛薇兒醫生是她女兒，直嚷嚷要做響蟬一起玩。姥姥似乎回到了很久很久以前，她剛當上母親的時候。

診斷過後，姥姥必須要有便利的居家照護。

鎮長安排一切，一切的一切，那些原本由自家人來照顧的事，鎮長包辦。

海魚屋招牌門簾取下的那天，竹林裡的風聲特別大，陣陣涼風拂過我們身上的汗水，一片涼颼颼。

鎮長帶著鎮上的志工徹底打掃姥姥的家，包括葛薇兒醫生。一群人進進出出，換掉破損的拉門、清出會絆倒她的障礙物、沖洗、回收、摺疊衣物、洗刷浴室，騰出舒適空間。臥室衣櫃裡放置一套花樣和服，款式是已婚與未婚皆可穿的小紋。旁邊的五斗櫃充滿黴味，散放貼身衣褲，她似乎只拿最上面的那幾件，最底下有幾張陳舊的泛黃照片及一張出生證明——星野海子。

葛薇兒醫生看到了。

她的視線由好奇轉為驚愕，捧在手上的洗臉盆掉了，在地上左右抖動，吭啷聲響徹海魚屋。

他們發現姥姥根本不是從鹿兒島來的，也不只生一名子女。其中一張合照引起一陣驚呼，照片背景就是這間海魚屋，穿梭外場的海姥姥穿著和服，露著貝齒，手裡捧著一瓶清酒，少女般的笑容。一個臉紅耳赤的男人像八爪章魚摟著她，嘴巴嘟在海姥姥的臉頰上，那個看起來醉醺醺的男人，我們所有人都認識。

11 鬼出沒

熱狗、香腸、火腿和漢堡等加工肉品，列為與香菸和石棉同級的第一級致癌物。

——世界衛生組織國際癌症研究中心

販賣部常常會出現吵著要吃的小孩跟不准孩子吃垃圾食物的父母。有時候父母會妥協，讓小孩吃一點，交由身體代謝。

薯條、熱狗、汽水賣掉的速度不如以往，形成惡性循環，儘管保存期限相較於新鮮食物來得長久，由於每天必須上架基本的數量，而最近卻連基本量都賣不完，少了邦加後，我更不吃了。

經理發現異狀，特別前來關切可樂姊。

「他們寧願自己帶水或野餐盒。」她吞吞吐吐說，「這些吃了對身體不好。」

「怎麼連妳也來找碴？販賣項目當然跟便利性、易管理還有低成本有關。現點現炸，已經花費足夠人力，按照妳的邏輯，難道只賣礦泉水？」經理拿起了一瓶礦泉水跟汽水，「這是選擇問題。基於他們的需求，人們有自由選擇的權利。」

「如果賣的東西只有那些，那有什麼選擇啊。」我站在一旁，覺得經理腦筋真不靈光，「換成冰淇淋，我一定吃不膩。」

「妳少來插嘴，我還沒找妳那個多管閒事的爸爸算帳。」

我暫時閉上嘴巴，怕給爸爸添麻煩。

「餐車要收起來。妳暫時到廚房盤點。」經理的命令讓可樂姊很頭痛，廚房的阿姨們不好對付，最難搞的是那幾張嘴。聽說，經理也管不動廚房。

我跟可樂姊到廚房裡頭，肉架上掛著火腿、培根和香腸，高麗菜有兩三箱，起司、蛋糕跟牛奶在冷凍櫃散發出一股甜甜的酸奶味。食物庫存來到安全量的低點，她得數清楚包子、爆米花、飲料、冰淇淋的量少了多少，員工的伙食更是一團糊塗。廚房阿姨完膳後，會把剩食打包帶走。

「明明訂了一百份，可就是常常不夠，莫名其妙短少一些。」可樂姊愁眉苦臉跟我說，「我老是弄不清楚數量，只好問廚房阿姨的意見。她們總是說，照舊。」可樂姊滿腹疑問，「難不成大胃王有好多個或是廚房養了老鼠？」

熄燈後，可樂姊和我站崗廚房外。蚊子在我們耳邊嗡嗡振翅，隨機叮得我們紅腫搔癢，一直到園區熄燈，連個鬼影也沒瞧見。

隔天，廚房阿姨向可樂姊要玉米罐頭跟培根。明明昨天晚上還有兩三罐，怎麼不見了？廚房阿姨嚷著要找經理，如果她連清點東西都有問題，飯碗鐵定不保。

「我馬上去買。」

可樂姊越想越不對勁，照這樣下去就算她保住飯碗也賠不了這麼多。她決定即使待到天亮，也要揪出那可惡的賊。我答應幫忙壯膽，爸爸只知道我去可樂姊那兒一起睡，反正，我也不是第一次這麼做了。

這次，我們躲在食物儲藏架後面守株待兔。月光在地板投下窗影。我們蹲了很久。一陣痠麻從腳底竄上來。黑暗中，的確有老鼠吱吱叫。但我們不認為牠能吃掉罐頭，頂多幾條香腸。我們低聲商量放置捕鼠器的位置，捉一個是一個。

屋外有了動靜，喇叭鎖轉動，門開了。

是老賈。

他先是翻找熟食區，打翻了醬油瓶，一股鹹香味擴散開來。老賈動作熟練捏著剩餘的米飯，把花生、肉鬆、培根捏成一球一球。他倒是小心翼翼，沒拿別的，即使少了什麼也不易察覺，他很快離開廚房，前後停留時間不到五分鐘。按照老賈偷拿東西的習慣，這點食物並不會引起注意。

我跟可樂姊準備起身，沒想到喇叭鎖再次轉動。我們以為老賈折返，但卻不是。

那個人瘦瘦高高穿著藏青色上衣。與老賈不同的是，他動作矯健，目標鎖定完整的袋裝品、密封的易開罐，那種即使放個十天半個月也不會發霉的食物。

園內的幽靈人口比我們想得要多。原來，有人肚子餓就會往廚房裡鑽。

可樂姊立刻出聲制止，「你拿了什麼，別走。」

那個人倉促丟下食物，縱身跳了出去。我們不敢追入黑暗裡，只好眼睜睜讓那傢伙逃走。

棄置在地面上的有培根、吐司跟番茄醬。這些食物使我想起了一個人，隨即搖搖頭甩掉想法。要是我說剛剛見到的可能不是人，她一定認為我胡說八道。

出乎意料，可樂姊卻喊出我連提都不敢的名字，「難道是邦加？」

屋外傳來陣陣蛙鳴。我抖落一身疙瘩，緊抓著她的衣角，誰也沒有動。

12 不可思議的密室

藤原效應：當兩個颱風以螺旋軌跡靠近，彼此牽引滯留，可能合併形成強颱，也可能相斥分離。

——森林實驗中學自然科教師　費財

海上發布颱風警報。罕見的雙颱共伴，將嚴重襲擊台灣本島。

園區全面加強防颱措施。爸爸得去支援護樹及圍籬。媽媽臨盆的日子近了，通知電話隨時會打來，他耳提面命交代，「小裘，妳要有女孩的樣子，練練琴，讀讀書，別成天跟男孩子到處亂跑。」

我答應得勉為其難。

眼看約定的時間快到了。我在房間內來回跺腳，焦慮不安，窗戶開了又關，關了又開。他們還是依約前來。

我說：「你們回去吧，颱風快來了。」

「開玩笑，這些玩意兒可花了我不少工夫才湊齊。然後妳竟然不出來，太不夠意思了吧。」吳郭瑜亮出口袋裡的尖嘴鉗、鐵線、膠帶、三秒膠。

「可是，爸爸警告我不准出去。」我顯得左右兩難。

「走啦，小裘，我們保證不出園區。」安培勾了勾手。

我嘆口氣，一咬牙，把爸爸的叮嚀丟在腦後。

由於發生太多事了，模型進度嚴重落後，我們打算放棄竹材。安培說，不如改用瓦楞紙，尤其電子產品的包裝盒，有導電處理，可使靜電消散。

事實上，我跟吳郭瑜想勸安培改用別的，比如黏土。他老想著用那些竹片。目前為止，他付出的心力最多，難以接受半途而廢及意見受阻，甚至懷疑我們的熱忱，「如果你們沒多大興趣，分數打完，這模型我想保留。」

「你留著幹嘛？」

「反正你們再也不會看上一眼，我做的所有東西都會好好保護著。」

「你想留著跟你爸臭蓋厚？」

「要你管。總比你們隨便亂丟，好上好幾倍。」

「哼。我是管不著啦。要是我老想跟爸爸證明什麼，鐵定嚇死你們。」吳郭瑜滿不在乎地說。

「你們吵這些有什麼用。我們根本還沒做出來。」

我也不是沒想過向爸爸證明自己不輸男孩。弟弟的出生更讓我憂懼了，爸媽會不會把我冷落一旁？只要一有這些壞念頭，我便努力甩開，別想太多。

雨開始下了。風力強勁，雨斜斜打在屋子、地面及我們腳上。我們四處收集紙箱，過程並不順利，不是太小就是溼透了。我們轉向遊樂園，打回收中心的主意。

遊樂園定期整理一段時間沒人招領的遺失物。外套、毛巾、包包、鑰匙、玩具。有些不能立刻丟，用紙箱裝好，放進雜物間，而那些紙箱全由老賈管控。

我們跑向雜技團表演廳後面的倉儲室，鑽過紅色帷幕、屏風、空盪的化妝間。表演檔期過後，這裡沒什麼人進出，灰塵很快覆蓋。老賈的手推車堆滿紙箱，不是隨隨便便沾滿汙漬與油墨的那種，摸起來厚度跟質感良好的包材，提供給遊樂園內的紀念品店使用。本想跟他打商量，問看看能不能給我們一些。

「走開。走開。別來煩我。」老賈忙著搬運容易打溼的物品。颱風前夕讓他更忙。這份工作折磨他太久，老繭布滿雙手，眼神死沉，口氣不耐，沒有商量的餘地。

「回收室鐵定有很多紙箱。」我面朝表演廳，猜測著。

安培遲疑了一會兒，決定冒險一試。

趁老賈轉身離去，我們用力推開那扇厚重的安全門。吳郭瑜想也不想，大步一跨，兩腳踩空，整個人往前仆倒，屁股蹬蹬蹬，跌落下去。門後是一階一階的樓梯，沒有燈光，眼前一片墨黑，伸手不見五指。

「別去了好不好？我好怕。」

說時遲，那時快。安培放開手，門擋彈了回去，咔嗒一聲，我們失去最後一線光亮，陷入全面漆黑。

我拍打著門，砰砰砰，大聲喊，「開門啊，快來人呀。」

感覺聲音傳不出去，只有悶響。回應的只有深遠無力的尾音。更糟糕的是，我們三人都沒帶手機。

「萬一沒有人發現我們在這兒怎麼辦？」吳郭瑜急了。

「應該另有出口。」安培鎮定地說，「左邊有一道牆，大家摸著牆壁走。」

空氣再次振動。感覺有風壓灌進來。一股寒氣從黑暗中陣陣竄出，涼了我們的背脊、腳底，洩了心中好不容易醞釀的勇氣。

安培掏出打火機當照明燈。能見度還是有限。

細小的漏水滴答聲從遠處傳來，老鼠吱喳亂竄。我們聽到規律的節拍，啪啦啪啦，類似抽水幫浦運作所發出的聲音。粗糙的水泥牆面相當潮溼，上方密布連通管，陣陣惡臭襲來。

安培指著幽暗的前方，「有空氣流通，就一定有出口。我們繼續往前走。」未失信心的安培宛如定心丸。

雙眼習慣黑暗後，我們改用嘴巴吸氣吐氣，攀附前者的肩，靠彼此一肘的距離維繫。

樓梯潛伏一股危險的預感。我們一階一階數，數到一百，轟隆隆的聲音振動耳膜。我們掩住口鼻，快速通過積水池，這裡有幾扇不鏽鋼鐵門，我們一個一個試，發現全上鎖。

「別動。」安培噓了一聲，摀住吳郭瑜的嘴。

我們豎起耳朵聽聽動靜。陰暗中傳來橡膠鞋重重踩過地面的滋咂聲，在我們後方。

「快躲起來。」

我們彎下身子，一個接一個擠進幫浦後面。

腳步聲逐漸靠近。

一個穿黑衣的人掏出鑰匙，打開厚重的門。透出一道斜斜的光線。我們只看見半張臉孔，凹陷的下巴尖傷疤遍布，身形骨瘦如柴，撐起整件黑色風衣。

吳郭瑜不知道吃了什麼，放了一聲響屁。

黑衣人突然轉向我們，緊盯著我們這裡。突然，門後傳來一聲尖叫，黑衣人又轉身進門。

我全身虛脫，兩腿癱軟。安培對我們短噓一聲，悄悄靠近門邊，貼近耳朵聽。

「裡頭好像有人。」

我們挨過去，聽到窸窣的聲音。

「那人好像回頭了。」安培的眉頭一皺。

老天呀。我們挨著彼此的後背發抖，直到一雙黑色橡膠鞋站立在我們面前。

黑衣人戴著鴨舌帽，只露出下巴，嘴唇乾裂，對我們斥喝，「誰讓你們來的？」

我胡亂說是老賈。

那人瞧一瞧周遭，跺一跺腳，「那個老傢伙又發什麼神經。」

安培跑跳兩三步。那人伸手掐住他的後頸，勒得他難以呼吸。吳郭瑜衝上前並緊咬那人的手，但沒什麼用處。我不斷踢他的腳，仍文風不動。縱使我們三人全力進攻，也不敵他的蠻力。

他搧我們巴掌，叫我們閉嘴，用塑膠繩一一綁住我們的手。走了一段冗長的隧道後，透出點光亮。坡道陡上隧道口，上下左右出現一根根三角錐形的利齒，是仿作的血盆大口，想不到我們剛剛就像小木偶皮諾丘，意外進入鯊魚的肚子裡。

從遠方鐘塔頂端的位置判斷，我們的位置應該是在舊園區，中間隔了動物園的假山與圍牆，還有一大片樹林，不會有人特地過來。我

們被帶到一間廢棄倉庫前，屋頂的排水簷垂掉一半、廢棄的橡膠輪胎、陳舊的飛行船斑駁失修、沒有長髮公主的高塔垮塌殘破，毀壞的紡錘機遍布蛛網、鼻子斷裂的小木偶被蟲蛀蝕剝落。我們通往荒蕪的遊樂園，許多被遺忘的主題童話棄置於此。

這裡宛若童話的墳場。

那個抱著菠菜罐，手臂有二頭肌的水手是誰？還有大頭藍眼的金黃雀跟黑白貓，完全叫不出名字。

這裡沒有說故事的人。倒塌的鐵棚架下是故障的小火車車廂，藤蔓爬滿斷裂的壁面，溝渠堵塞塑膠垃圾，漏水的老舊滑水道，自動販賣機的玻璃敲破了，水泥

地裂縫遍布。

我們穿過石板小徑，被帶到一排廢棄倉庫前，玻璃破掉的窗格用木板釘死，塞了報紙。其中一間只有一道鐵門，沒有窗戶。門口站著一個穿著藏青色汗衫的看守者，帽子壓得低低的。黑衣人交代他，「小心看管，別讓他們跑了，否則要你好看。」

突然，黑衣人摸摸褲袋，原來是手機在震動。他轉過身，一邊小聲答話，一邊快步離開。我好像聽到他說了「金魚」？

看守者將我們摔進陰暗的小木屋裡。唉唷喂呀，我們倒成一團。屋內散發一股屎尿味，從角落的一尺木桶飄出來的；地面蓋著破舊的防水布，味道近似烈日下無風悶熱的猛獸欄。到處都是棄置的垃圾，角落有騷動的聲音，有個金髮女孩。

「是杜妮雅！」吳郭瑜無比震驚，「她怎麼會在這呢？」

顯然沒有開往俄羅斯的船，返鄉的航道又拐錯了彎。她像失去翅膀的金絲雀沒有了光彩，蜷縮身軀，紅咚咚的雙頰浮腫，只要一點點聲響就足以讓她驚恐萬分。她的懷裡還緊緊抱著一個小男孩。

「小小孩！」安培立刻衝到他身邊，「你記得我嗎？」

小小孩遲疑一會，烏溜溜的眼珠子灌進一點光，他拉緊安培的衣襬不放，彷彿回到搭摩天輪的那一刻。

我不斷懇求看守的人。吳郭瑜也跟著求情。安培警戒觀察四周圍。

「妳和妳朋友不該來的。」看守的人緊咬著下唇，「我幫不了你們。」

聲音雖然是破嗓而又含糊的鼻音，我仍聽出難掩的稚拙。

「邦加？」我盯著他的臉，「你怎麼會在這兒？」

他壓低帽沿，一雙手不停摸著口袋，兩手拚命搓捏腿肉，抖個不停，「別問那麼多。你們要牢牢記住，千萬別吃他們送來的任何東西。」

碰！他顫抖地關上門，上了鎖。絕望的黑暗將一切籠罩，地面上觸手可及的地方都是吃剩的小骨頭與食物發霉、腐敗的黏稠物。力量突然被抽出體內，我對眼前的一切感到無助、虛脫。

「天就要黑了，巫婆快來了。」小小孩害怕地說。

「巫婆？是誰？」安培問。

他的左右食指勾開拉鏈似的嘴巴，像張鬼臉，腮幫子鼓起來對我們噗噗吹氣。

我猜是西薩摩亞表演團員之一。我曾經看了無數次排演，可從沒想過，在那一張張濃豔嘻笑的臉之下，卻別有居心，心懷不軌。

安培是第一個冷靜下來的人。適應黑暗後，他仔細觀察周遭的地形，用步伐計算距離，尋找任何可以幫助脫逃的物品，最後，他停在堆放在牆角的報廢遊園車前面，若有所思。吳郭瑜也注意到了，他先將小小孩交回給杜妮雅照顧，興奮地跑到安培旁邊說，「真有你的，居然找到車子，我們可以開車撞開門逃出去！」

但是安培沒有接話，只用手比了比遊園車的引擎室。原來，這輛報廢車的引擎出問題。除了引擎不見，還缺少許多零件，應該是被拆裝到其他堪用的車上頭了吧。吳郭瑜看清楚後，像一顆洩了氣的氣球，癱軟在地。少了吳郭瑜的聲音與動作，整個房間再次沉入可怕的無聲黑暗裡。

許久，安培終於開口。「我有一個主意，不過只有理論，沒有實作過。」他要我們掏出身上所有的物品，瞧了瞧，「或許，我們可以趁有人進來，電擊他之後逃出去。」

他挑了尖嘴鉗和我隨身的瑞士刀，花了很多工夫，將報廢車引擎室裡能用的零件拆下。過程並不順利，畢竟尖嘴鉗和瑞士刀並不是拆這些零件的專用工具，再加上他的右手受過傷。不過安培很有耐心。我跑過去幫他擦汗，吳郭瑜也加入幫忙移開電線之類的障礙物，突然覺得安培很像電視裡正在開刀的外科醫生。

「理論上，汽車要能驅動，都是靠點燃汽缸裡的壓縮油氣，而電力則來自於汽車電池，為了要能產生瞬間爆炸，所以在汽車的點火系統裡有一樣和電擊槍很類似的零件。」

安培將拆下來的高壓線連接汽車點火器，並將點火器輸入端的黑線接到電池的負極，紅線則仔細用尖嘴鉗將電線的絕緣皮剝開，露出銅線，放置一旁。他要吳郭瑜拿著高壓線對準一根連接地面的鐵絲，間距很小很小的距離。準備好之後，只見他先吸了一口氣，再將原先點火器的紅色電線碰搭電池的正極。神奇的事發生了，在我們的裝置與鐵絲之間，出現了電擊火花。不過，火花的出現似乎要靠安培快速搭上正極並快速拿開斷電，每循環一次充電、斷電的動作，才能產生極短暫的火花。

此外，安培還要我用膠帶綑滿整個手掌。我是第一個發動攻擊的人，任務是將一條接地電線的另一頭銅線緊緊按在對方皮膚上。演練的時候，感覺心臟快要跳出胸口，我想他們也同樣緊張。想像成為冒險英雄是一回事，真是面臨危險時才知道，英雄內心的恐懼。

「另外，還需要搭配屎尿。」安培簡略說明整個脫逃計畫，我們聽得一頭霧水。

他深呼吸一口氣，把水桶裡的東西往身上抹。「別愣著，快跟著我這樣做。」

我們全瞪大了眼睛。

「噢，老天。」我一邊哀嚎，一邊捏著鼻子，百般不願。「這簡直像頭豬。」

「把這些穢物塗抹在身上，多多少少可以減少被壞人傷害的機會。」安培一臉正經八百，不像開玩笑，他是認真的。

吳郭瑜抓了一把往我臉上砸，瞬間的力道使我全身僵直得不知所措。真後悔沒老實待在宿舍，當爸爸的乖孩子。夾雜憤怒與恐懼，大家都豁出去了，相互幫忙塗抹對方，努力補強彼此的軟弱。

最後我們依照排練時的進退順序坐在地上，在黑暗中等待，耳朵裡一直聽到自己的心跳聲。

13 看不見的足跡

傻孩子，迷幻的新樂園就在你們腦子裡啊。吃下這個，就可以忘記煩惱，飄飄欲仙，只要吃過一次，就會還想再吃。我不會騙人的。

——巫婆

要是我哭喊爸爸或媽媽，其他人一定會跟著崩潰。在他們面前，我只能強忍心中的軟弱。我們好臭，又餓又臭，蹲坐各個角落。門外有腳步聲。我們屏息以待。鎖，開了。

「小裘？你們怎麼在這？」說話的是老賈。我們以為救兵來了。

我們一湧而上，沒想到老賈面色陰沉沉的，兩手張開擋住去路。

「不行。你們不能走。誰叫你們不聽話，自己闖進來。」

沒想到老賈也是壞人，我們全都嚇呆了，剛剛演練無數次的計畫突然間變成一片空白。

室內再度陷入沉默，只有杜妮雅從角落傳來斷斷續續、微弱的啜泣。

「欸，事情怎會變成這樣。」老賈離開時念念有詞。

我應該當機立斷發動攻擊的，老賈應該是最容易下手的目標，但我卻錯過了。我不斷敲打自己的頭，不斷自責。黑暗裡有隻溫暖潮溼的手握住我的手，是小瑜。安培則是輕聲對我說沒關係。

時間一分一秒過去。巫婆來了。

她老邁乾燥像塊經久使用的海綿，渾身沒血淚沒感情。她帶來香噴噴的肉包子。

她掐住杜妮雅的下頜，把包子塞進她嘴裡。巫婆高聲尖笑，邪睨著我們說：「吃了就什麼也不怕了。傻孩子，迷幻的新樂園就在你們腦子啊。吃下這個，就可以忘記煩惱，飄飄欲仙，只要吃過一次，就會還想再吃。我不會騙人。」

我只能眼睜睜看著巫婆欺負杜妮雅卻不敢動，就像被蜘蛛凝視的獵物，身陷恐懼的絲網中。安培與小瑜嘗試阻止巫婆，卻被她的枯掌打倒在地。

巫婆離開後，杜妮雅開始冷汗直冒，胡言亂語，她的身體不斷痙攣，扭曲。我開始放聲大哭。

「小裘對不起，讓妳承受這麼大的壓力，應該由我來發動攻擊。」安培與小瑜各自握住我的一隻手，但我就是止不住眼淚，好希望爸爸在這裡。

不知道過了多久時間，門外又有了聲響。

粗重。急促。木棒敲擊地面的喀喀聲，由遠而近，來到門邊。

進門的是西薩摩亞酋長。那張邪惡的臉孔掃視一遍室內，由於臭氣熏人，他的五官全皺在一起，震怒吼道，「你們在搞什麼？怎麼這麼臭？」

他怒視著我，嚇得我渾身發抖，牙齒打顫，又動不了了。就算我們全撲上去，可能也動不了他一根寒毛。

沒想到吳郭瑜搶走接地線握住他的左手臂，喊，「快動手啊！」

安培沒有失手，快速地操作充電與斷電的動作。我突然能動了，不能讓我的夥伴獨自奮鬥！一把拿起高壓線，撲向酋長脖子，只是不知道哪裡出了問題，電火花並沒有出現。酋長似乎知道我們在對付他，更生氣了。

安培被踢到牆角，吳郭瑜的牙齒這下真的被打斷了。

酋長一把捉住我的長馬尾，我揮動十根尖指甲，捉花了他的臉。正當我整個頭皮快掀開時，酋長整個人撲壓到我身上，就像白老虎倒下時的樣子。安培跟吳郭瑜努力把我從這團肥肉中拔出來。

葛伯伯氣喘吁吁地出現在門口，手裡拿著麻醉槍，嚷，「快跑啊！」

守門的邦加不知道什麼時候不見了。

西薩摩亞鼓手跑過來，揮動拳頭和葛伯伯纏鬥，你一拳，我一拳，拳拳到肉。葛伯伯老了，閃不過連續攻擊，節節敗退。最後，鼓手朝他的後腦用力一擊，他像一株砍倒的檜木，在我們身後應聲倒下。

我們逃出門，卻跑錯方向。外頭灰濛濛的一片陰暗，天空下起大雨。

倉庫右邊的樹林盡頭是山谷，無路可走。

其他西薩摩亞人拿著棍棒、鐵鍬追了過來。安培要大家分散開來，不要集中一塊兒。我們分開左、右兩邊跑。安培往左，我跟小瑜往右。鼓手像狼一樣猛追過來，跌跌撞撞奔逃時，鼓手一拳打倒小瑜，最後，我被他勒住脖子。

「別動！全部趴下。」突然出現的程警官和幾名持槍員警立刻把他們團團圍住。

原來，葛伯伯不知從哪發現了蛛絲馬跡，預先藏了一把麻醉槍，並且在趕來救我們前，也通知了警方。

程警官迅速壓抓住鼓手的右手，要上手銬時，他的左手出現一把短刀，直挺挺刺進程警官的心臟，幸虧，另一名員警出手解危。

陣陣混亂吵雜中，一個高大的黑影閃到我身後，摀住我的嘴巴，將我拖到樹籬後面。我兩手亂揮，死命掙扎。

「噓。」他壓低聲音，「小袠，是我。」

啊，啊，啊。這聲音是，邦加。他的手掌變大變粗糙，足足遮住我半張臉。不知為什麼我直覺地跟著他走，就像以前一樣。

現場沒有人立即發覺，到底少了誰。

14 及時察覺你所犯的錯

壓抑自己良心的聲音，這是很危險的事情。

——陸小裘

樹籬後方的土坡並未整地。遍布碎石、刺藤，我的小腿隱隱作痛。雨水鬆軟了黃泥，蔓草間隱藏一條忽隱忽現的小徑。

碎石場停工中。路面坑坑窪窪，石墨混雜泥沙滾滾往低處奔流。陣陣惡臭味撲鼻而來，泥地被挖掘一個很深的坑，一旁還有像山一般的廢棄物等著掩埋。

邦加走在前面，沒有回過頭。兩旁的土層冒出青苔跟嫩蕨，汩汩的水聲不絕於耳。一路磕磕絆絆，眼前的邦加好似又回到以往和我一起探索小鎮的模樣。我沒那麼害怕了。

「我們要去哪？」

邦加沒應答。

差不多步行三十多分鐘。只有沉默跟呼吸充斥我們之間。我們從海魚屋後面的竹林子出去，再次回到地面，就是逮住白老虎的地方，仔細想想，柳阿姨看到的並不是鬼影子，真的是邦加，而我們卻沒有人相信她。

冒著風雨，我們在水田埂奔跑，稻子被吹

彎了腰，灌溉河道激流奔騰，未熟的柚子滾滿果園，水鴨池不斷溢流，強風掐緊我的臉。

邦加停了下來。不遠有處涵洞，不大也不小，篝火的餘燼旁有一方木棧板，釘成的匚型箱，裡頭有一件棉被跟簡單的生活用品。第一聲轟隆隆的巨響傳來時，我嚇一大跳。火車似乎在我們頭頂上經過，鐵軌震動得很厲害。我猜此處離園區有一段距離了。我渾身發冷，額頭滾燙炙熱，就連咽喉吞口水都疼。

「我好想回家。」我一路心中只想著這句話，終於說出來了。

「陪我好嗎？」邦加語氣中帶著一絲請

求，「我不想一個人。」

「你從來不是一個人，柳姨很想你，為什麼不回去？」

「我這個樣子已經回不去了。」邦加不斷削著竹子，似乎用來炊食跟飲水。他的手一直發抖，他在勉強自己，我甚至可以做得比他精確。

「你們差點被賣到曼谷或馬尼拉。每一分鐘都有女孩或小孩失蹤，賣到墨西哥、俄羅斯、中國，有一種世界，妳從來都不了解。」

「你要是不說，我怎麼會了解？告訴我，你為什麼幫酋長做那些事？」

「我也不想當個幫凶，」邦加煩躁狂飆，「告訴妳又能怎樣？」

「因為我不想讓這世界傷害我！更不想我身邊的人受到傷害！」我怒吼出來。

邦加整個人更顯頹喪，「要是已經被傷害了呢？」他不斷銼地上的碎石，「該死，誰知道怎麼做才是對的。」

「知道錯了，就要彌補你的過錯，才能得到幸福。」

肚子餓得難受，我一見袋子有飯糰，就抓起來，正想放進嘴裡，立刻被邦加拍掉。

「別看到什麼就往嘴裡塞。這不是個好習慣。」他指著一袋紅白塑袋，「妳會像那隻貓一樣嗝屁的。」

我的胃湧上一股噁心感。那是海魚屋的小虎。

「這一切，應該開始於他們給我的食物。他們常將山芋烤熟後和香蕉一起搗碎包在山蕉葉裡放在窗台上，特別是媽媽忙的時候，沒多想就吃了，知道上癮後已經來不及了。他們一開始要我偷遊客的皮包，後來竟然要我偷媽媽辛苦工作的錢，我不想這麼做，只好離開家裡。」

「邦加，一時犯錯不代表你再也不能當個好人。無論你做錯了什麼選擇，我們一起回去吧。葛薇兒醫生可以幫助你。」

「小裘。我做了很多壞事。」

「你是指誘拐小小孩跟杜妮雅嗎？」

「我脫不了關係。大人沒發現孩子何時不見，只顧著低頭滑手機，交換無用的訊息。我知道孩子要些什麼，不會對孩子說等一下，不會對孩子承諾做不到的事。」

「如果你認為做錯事，就該為錯事負責。」我放大音量，鏗鏘有力說：「有時候，我會原諒那些自以為聰明的笨大人。他們不知道自己到底在忙些什麼，但那可不是你犯錯的理由。」

邦加苦笑一聲，「我也是笨大人嗎？」

「你可以不是。」

他摸摸我的頭，「妳仍是跟屁蟲小袁。」

「別小看我。」

他的臉色不太對勁，嘴唇發紫，臉一陣青一陣白，「不管發生什麼事，別丟下我。」

「不會的。」我知道邦加只能依靠我了，老實說，我不確定自己可不可靠。涵洞外風雨交加，水煙漫漫。我該怎麼做呢。我不斷啃咬指甲，覺得世界好大，我好微小。

入夜後，邦加陷入迷幻狀態，鬼吼鬼叫。他老說眼前的物品會旋轉、溶解、塌陷。激動時，他甚至掐住我的脖子，驚覺後又趕緊鬆手叫我滾開。邦加像一隻被釣上岸的活魚，在陸地上掙扎彈跳。我不知道邦加哪句話才是認真的。乾脆把耳朵塞起來，假裝看不見、聽不到邦加痛苦的表情和呻吟。我真的好害怕。

風雨中，我盯著遠處微弱的燈光，想弄清楚遊樂園的方向。小鎮變得好陌生。睡意是突如其來的大敵。我怕黑暗吞噬所有的一切——火苗、意志、邦加跟我。倦意不斷突擊，眼皮沉重無比，火苗在某個時刻被風掐息了，四周是黑壓壓的曠野。不嚕樂園在我心中緩緩升起，旋轉木馬的五彩燈泡閃閃爍爍，我不斷想著爸爸、媽媽、葛伯、安培、小瑜……

邦加突然安靜下來，像塊木頭人，不管你怎麼搖他都沒反應。

天亮了。颱風走了。蹲坐整晚的雙腿跟屁股又痛又麻。我搖搖欲墜站起身，一跛一跛走出涵洞。陽光撥開天幕，路旁的青草閃著耀眼的水珠。我聽見汪汪的遠吠。產業道路旁的草叢裡竄出一個飛快的黑點，逐漸放大，朝我撲飛過來。

溼答答的足印子，爬上我的腳踝、小腿、膝關節，帶有野薑花與青草味。我破涕為笑，狼狽又難看。誰說愛倫坡是隻笨狗狗的呢。

我感到前額一片漆黑。那是我最後一次見到邦加。

幾個禮拜後，失蹤事件再次席捲而來。

15 主題樂園

荷蘭的馬都拉家族夫婦為了紀念二戰中犧牲的獨生子，興建了微縮一百二十處景點的公園，一九五二年開業隨即轟動歐洲，成為主題樂園的鼻祖。

——設施專員　阿言哥

我連續高燒三天，有脫水現象，經過醫院緊急治療，第四天就能下床走路了。邦加也獲救了，不過程警官說，他應該會先進戒毒所。

柳姨整天守在邦加身旁，打算在他贖罪後，帶他到別的地方重新開始。

葛伯伯就沒那麼幸運，他的傷勢嚴重，加上手術後復健配合度不高，衰弱跟厭世很快找上他，耍起脾氣跟孩子沒什麼兩樣，講道理也沒用。住院的日子是葛伯和葛薇兒醫生相處最長的一段時間。與其說是磨合，不如說是互相折磨。他老跟她唱反調。葛薇兒醫生祭出禁令，滴酒不能沾。

「沒酒喝，我會死的。」

完全是藉口，喝酒踩到葛薇兒醫生的底線。葛伯伯的哀兵政策，弄得病房雞犬不寧，尤其是執班護理師最怕輪到照顧他的排班。葛薇兒醫生幾番爭扎後，決定亮出最後的底牌。

那是和煦的午後，路旁紫色的牽牛花爬藤隨風搖擺。病房的百頁窗往上捲縮，金色陽光溜了進來。牆上掛著一幅梵谷的星空，畫下的置物櫃咿呀打開了。葛伯伯一雙手正伸長摸索著偷藏的藥用酒精。他很有技巧一點一點嚐，像隻舔蜜蜂的老黑熊。

我們就站在門外。他太投入，連輪子滑動地板的聲音都沒聽出來。等他發現，想趕緊把東西藏好，卻失手打翻一整瓶酒精，那味道竄得快，形成綿長的銀河，竄入只有他的鼻腔才能感受到歡快與顫動。他搧動左右手，快飛起來了。

海姥姥出現在病床前，葛伯伯的眼珠子彷彿透進了一道光亮，冉冉跳動。

「海子……」

葛伯伯驚愣得像做錯事的老男孩，瞬間熱淚盈眶，冰融了多年來的隔閡。他竟然有些手足無措。可是，坐輪椅上的姥姥已經徹底不記得他了。

「你誰呀？」

他們就像第一次見面。對彼此很新鮮，摸對方的臉，說話會重覆尾句或再問一遍。你吃了嗎？我吃了。妳吃了啊？吃什麼？

你一言，我一語，無視時間流逝，沒人能中斷他們敘舊。我們悄悄退出病房，讓他們獨處整個下午，直到陽光漸漸退出房間。

「葛伯伯會好起來的，對吧？」

葛薇兒醫生摸摸我的頭，微微牽動嘴角，「嗯。」

「醫生，生小貝比會不會很危險？」

「會喔。小裘的媽媽算高齡產婦，妊娠期間要注意的事也很多。」

「這麼危險為什麼還要生弟弟呢？」

「知道危險，媽媽還是想生下小裘，當然也會想生弟弟啊。」

「我很害怕失去媽媽。她常常睡不好，在堆滿雜物的房間裡流淚，聽到喜歡的音樂提不起勁。我拚命找她講話，媽媽沒什麼反應，好像縮進空殼裡。爸爸說，媽媽需要安靜，需要獨處。我以為媽媽不喜歡我了。」

「媽媽依然愛小裘的，只不過她頭上有一朵難纏的烏雲。給媽媽一點時間跟空間，她才有力量對抗無力與疲憊。」

真希望困住媽媽的烏雲快走開。我纏著護理站的實習醫生，問東問西，好奇他們到底是怎麼救人的，還跟他們發下豪語，說我將來長大要當醫生，要救活每一個人。可是，葛薇兒醫生卻苦笑著，「並不是長命百歲就是好的，有意義活著，快樂更要緊。」

當我們回到病房，窗戶透進銀白色的月光。海姥姥倚靠葛伯的臂彎，她還在說話，「噓，他要好好睡一覺。」

葛薇兒醫生這才發現葛伯伯的肩頭垂下，怎麼叫都不醒，他的面容安詳，彷彿做了永不醒來的夢。

我們全來不及跟葛伯伯告別。

葛伯伯出殯那天的隊伍非常長，送葬隊伍從遊樂園出發到墓園的距離間，隊伍沒有間斷，陸續有人加入，也有人離開。園區工作人員、鎮長、果農、學校老師，雜貨鋪老闆還燒掉葛伯未清的酒帳。彷彿所有居住於此的人都放下手邊的事，來送他一程。我從來都不知道，有那麼多人認識他、感懷他，甚至那些說他內心早已死去的人也都來了。

殯儀館充滿焚香的氣味，肅靜莊嚴。葬禮花圈飄逸菊花及百合香，照片中的葛伯伯微微笑著。大人們依序鞠躬拈香，家屬答禮。儀式在午時結束。

我跟著去火葬場。一度，葛伯伯的靈柩推不進火化爐。直到海姥姥在爐邊說一段悄悄話，才神奇地滑動了。

眾人散場時，葛薇兒醫生問我有沒有看到吳郭瑜？

我說，「他不是一直跟著妳們到火化場的嗎？」

「沒有。我以為他跟妳一起。」

我們繞著火葬場四周找人。遇見程警官，他認為事情不對勁，畢竟參與儀式的孩子不多，問了在場的所有人，沒人看到小瑜。酋長那幫人拘留在警局裡，難道還有漏網之魚？

「小裘，妳仔細回想，小瑜最可能去了哪裡？」

「他最喜歡有吃有玩的地方，他超愛吃。」

這句話觸動了大批人往鎮上所有可能的地方搜索，我則是跑到遊樂園的飲食部以及快餐車尋找。

可樂姊正盤點食材，這件事依舊落到她的頭上。園經理還要她清理那些早就斑駁的快餐車。我發現車底下有一處鐵製的儲物空間，螞蟻從縫隙鑽了出來，形成一條細細長長的黑虛線。

「可樂姊，妳這裡沒清洗耶！」

「啊。我忙翻了。妳能幫我沖沖水嗎？」

當我打開那輛快餐車的儲物櫃時，一隻球鞋翻躺在裡頭。我認得那鞋子。我不明白的是，小瑜的鞋子為什麼會在這裡？

我心中湧入一個念頭。熱狗餐車區聚集最多孩童，飲料是最容易動手腳的食物，難道我腳下的儲物櫃就是用來藏迷昏的孩子，等到收攤後再移到囚禁室。

忽然，我想起黑衣人說的「金魚」，我知道那是什麼了。

遊樂園柵門開啟，一輛輛警車駛入園區，警車蜂鳴器包圍了餐廳。程警官先繞到廚房後方，那裡有台行跡可疑的廠商貨車。程警官攔下身穿黑衣的司機，要求出示身分證。嫌犯拔腿逃跑，被程警官反身扣住雙手，壓在地趴下。其他的警員小心翼翼打開了後車櫃。

可憐的吳郭瑜嘴巴被貼了膠布，手腳被捆綁，要是來遲一步，後果真是不堪設想！

程警官早就按兵不動，等待時機。上一次攔路臨檢，被嫌犯逃脫一次，自己還受重傷，葛伯伯的葬禮剛好讓幕後主使者以為有機可趁。

至今，我還不敢相信園經理竟是真正的大魔王。原來「金魚」指的是「經理」。

16 旋轉木馬

旋轉木馬源自十字軍騎士的格鬥訓練，士兵在固定圓圈內輪轉，躲避黏土球攻擊，提升馬術。十七世紀，改拉吊環代替黏土球，流入巴黎民間遊樂場，簡易版有木樁套繩索，改良版有木盆轉盤式，皆用人力或畜力做圓周運轉。十九世紀托馬斯．布拉德改良成蒸汽動力平台。直到北美的弗雷德里克．薩維奇使木馬可以上下運動及增添風琴曲目，最後形成現今的樣貌。

——設施專員　阿言哥

開學那天早上小瑜跟安培請假沒來。原本打定主意，坦然面對費老師的責罰，懺悔文都在心裡打好草稿——我發誓，以後一定會準時交作業。

發誓不代表不會再犯。認錯對我來說不難，難的是改善。意外的是，檢查作業時，班上同學也有很多人沒帶。這是考驗老師智慧的時刻。

「你們都做好了嗎？」費老師用眼神掃視講台下每一雙故作無辜的眼睛。

回答有的只有幾個人，包括我在內。

我的語氣想必充滿自信，雖然離事實有段距離。我的旋轉台還沒有整修，吳郭瑜的壽司模型不知進度如何，安培的雲霄飛車是唯一的希望，只剩下組裝及整合。

費老師很無奈，只好明天檢查，並且說評分項目有三項：令人眼睛為之一亮的、可以學到新東西的、好玩又有趣的，而且評分人不只是費老師，各組互相評分。一共五組，分數為一至五分，不得重覆。

我並沒有為多出來的一天感到高興，那只是延長罪惡感及煎熬而已。我掙扎著要不要放學去安培家努力，死馬當活馬醫。苦惱難度的我，頭杵在旋轉木馬的固定杆，上上下下，一臉茫然。直到阿言哥關掉啟動器，趕我下來，「妳已經搭了十幾圈了。」

我賴著不走，「我喜歡浪費時間原地打轉。」

阿言哥坐到我旁邊那隻木馬，「妳猜猜看旋轉木馬最搶手的位置在哪？」

我右手指著旁邊的國王馬車，「可是那種不會上上下下的很無聊。」

「通常，坐馬車的都是一家大小。」阿言哥說，「所有的木馬，都是朝相同的方向前進，再回到原點好幾次，為什麼能吸引人過來玩？」

「因為搶不到別的遊樂設施可以玩。」

「也是啦。另一個原因是，它能讓人好好休息，加上它緩慢起伏讓人感到安心。人，總是會累的嘛。」

其實，不只一次想像全家坐上國王馬車，面對面，一起歡樂。咦。難道我真心喜歡的不是雲霄飛車的刺激，而是國王馬車的安穩？阿言哥的話讓我有了不同的想法。

我跑回房間翻箱倒櫃，找到那個失寵已久的旋轉音樂盒，玻璃早破掉了，底座還能用。我拿鎚子敲掉殘留物，放進袋子裡，往安培家跑。當我到達時，小瑜也來了，他的黏土壽司模型做得跟真的一模一樣。他說：「店裡的樣品壽司太大，我只好縮小，照著捏。」

安培的雲霄飛車發不動，問題在線路。

我把小瑜的壽司放到旋轉音樂盒底座上，「旋轉壽司你們覺得如何？」

「爛主意。」安培皺眉頭，一臉瞧不起我這最後的絕招。

「你們別這麼快放棄。」

程警官鬍子沒刮也沒穿制服，一身土灰色的外套跟寬大的褲管像水電技師，我們差點認不出來。

安培媽媽從廚房端出米苔目跟綠豆湯，嘴角的笑紋拉出一對括弧，「我再拿一雙碗筷。」

他捲起袖子，檢查安培的模型車，「接錯線當然動不了。去拿工具箱來。」

「爸爸……」

安培的耳根子通紅，眼角溼潤，拚命鎖住淚水，嘴角卻是上揚的。

安培爸爸的車子、行李箱跟他整個人全都回來了。

小瑜緊握著手上的壽司，都快揉搓成彩色飯糰了。他極其羨慕看著安培父子，眼神落寞，搞得我好難受，忍不住拍掉他手上的握壽司。他嚇了一跳。

「妳幹嘛啦？」

「膽小鬼。」

「根本就是妳這傢伙講我壞話。」

「那不一樣，我說的可是實話吔。」我拿起湯碗，「肚子餓不等人，我先吃了。」

「等等，妳別想獨吞。」

我知道在這個容易引起感傷的時刻，填飽肚子對小瑜來說很重要。

白白長長的米苔目泡在甜甜的綠豆湯裡，一碗接一碗，我們嚼得好過癮，看誰能一口氣把米苔目一口氣吸進嘴裡，再用舌尖舔掉沾到嘴角的糖汁。

幾小時過後，模型漸漸有了輪廓。我和小瑜向安培爸媽說謝謝、再見，跟彼此說，加油，明天見。為作業苦惱的我們並不知道模型會成為費老師的難題。

17 校園博覽會

一八五一年，英國維多利亞女王於倫敦舉行全世界第一場萬國博覽會，向各國展現工業高度發展的技術。

——森林實驗中學自然科教師　費財

校園模型博覽會的優選作品將於各班走廊展示。一年級到六年級主題各有不同，包括剪紙、果雕、風箏、面具、環保重生、模型，每一樓層擺設五顏六色的成品，下課時間變得熱鬧滾滾。

班級代表作品先經過第一輪班內互評。

費老師看到我們的雲霄飛車時，愣了一下。他問安培：「哇噢，這能動嗎？」

「當然可以。」安培胸有成竹，示範一次，電動小車在兩根保持平行的軟膠條軌道上飆一圈，膠條軌道用支架固定，繞出一層又一層的彎道，軌道還能隨意用夾子調整坡度與角度。支架下方則是我和小瑜的「旋轉壽司」，我跟小瑜吃了一驚，原本以為說說而已，沒想到我的摩天輪旋轉音樂盒以另一種方式復活了。

費老師拿起三角立牌，「不嚕樂園？」

「我們三人共同決定的。」安培不打算跟老師說這是沒規沒矩的意思，那是表面上的說法。

事實上，葛薇兒醫生曾告訴我，不嚕樂園是媽媽躲避烏雲的地方，每個人心中或多或少都有一塊烏雲，但是媽媽的烏雲會讓她對喜愛的事都提不起勁。我收集了可以讓人快樂的食物清單——奇異果、堅果、各色蔬果——等媽媽回來，讓她多吃一點。對了，還有陽光。我會拉著媽媽多晒點夏日的炎陽。

老師點點頭，跨一大步到班長那一組評分，同樣發出驚呼聲。艾菲爾鐵塔的高度跟我們一樣高。班長還用安全參觀線拉出觀賞範圍，嚴重警告，不可用手觸碰。藝術品靠的是眼力跟鑑賞力，

費老師推了推老花眼鏡，「嘖嘖嘖，這可是大工程。」

我們這一組的票數緊追班長的艾菲爾鐵塔，她們用掉至少三千根竹牙籤，使成品看起來宏偉又嚇人，還有誰的票能扭轉我們的命運。

班長很討厭安培老是跟她唱反調。一開學，光是開冷氣這件事，就夠他們吵的了。大掃除後，她不斷打噴嚏，想打開所有窗戶保持空氣流通，因為灰塵會引起她過敏。安培汗流浹背，覺得開冷氣能讓室內恆溫、清淨除臭，才不會引響上課情緒，兩人各持己見，僵持不下，最後，班長站起來喊：「這樣比較節能環保，大家認為不要開窗戶的請舉手？」

只有安培舉手，也不知道大家是不是來不及舉手或放棄表達意見。那是一種微妙的不參與氛圍，不表示的人被歸入贊成的一方。

這次的模型競賽，他們又槓上。

「畢業生也可以投票嗎？」班長不放過任何可能。

「我覺得不可以。這樣怎麼知道票數總量呢？萬一有人灌票、作票，那不是很不公平嗎？」安培舉手發言，表達反對意見。

「班長還有意見嗎？」費老師問。

「我覺得畢業生也是本校的學生啊，不能排除。」

我則沒想過這麼複雜的問題。費老師希望同學敢說、敢做、敢當。「那麼全班來投票決定，算或不算？」

結果，票數十比十，超尷尬的。費老師捋起下巴。

「那麼就由老師決定，交由全校師生投票，已畢業的也可以，但是限定本人親自投票。」

進行班內第二階段評分，投票時間截至中午十二點。

我們緊張萬分，艾菲爾鐵塔跟不嚕樂園居然相同票數。我們遊說還沒投票的人。班長竟然出動了親友團，她們家怎麼全是讀這間小學啊，難怪她會出這個主意。票數一下子拉開距離。

這時，安培的爸爸來了，還帶了其他人。沒想到警察叔叔也有不少人讀這間小學。

對安培而言，重要的是程爸爸參與了他第一次小學的活動，這讓他開心得不得了。對小瑜而言，費老師的激賞，讓他好神氣，「厲害，這壽司捏得真像啊。老師最喜歡吃壽司了。」

正當費老師投下給我們神聖的、打破平手僵局的一票時，一股茉莉花的香味順風飄來。門口來了一位優雅的女性，吳郭瑜的媽媽將要接他到另一個家庭生活。

「那麼，海姥姥怎麼辦？」

「葛醫生會照顧她，有空的時候，我和媽媽也會過來看她。」吳郭瑜要我別擔心，「模型就交由妳保管。」

這真是天大的好消息，整個下午，全班都替小瑜高興不已。

18 烏雲與白雲

烏雲與白雲都是水氣滯留空中的現象，兩者的差異只在於厚薄。只要將心中的情緒驅散一些，就能逐漸回復晴朗的「心空」。

——葛薇兒醫生

爸爸陪我的時間比以往更多了。這天傍晚，他打電話告訴我，「長頸鹿媽媽要生了，妳要不要看？」

「要！」

我抓起背包跟遮陽帽，砰一聲關上門，用最快的速度衝向候車亭，跳上遊園車。

阿言哥轉頭看，「怎麼又是妳這丫頭？」

我吐舌頭。一屁股坐在第一個位置。

車子開進野生動物區，茂盛的樹林，有動物糞便的味道。我細數著牠們，狐猴、斑馬、羚羊、草泥馬。我趕到時，已經聚集很多人了。

沒想到長頸鹿不是躺著生的。牠搖搖臀部走來走去，屁股後面吊著兩根細細的竹竿腿，一下子靠牆邊，一下子靜止不動，這種情況僵持好久。終於有突破性的發展，露出外面的兩條腿開始伸長了，一伸，再伸，一顆小腦袋露了出來，包覆半截胎衣的小長頸鹿噗哧落地。由於四肢還不能站立。長頸鹿媽媽用舌頭不斷舔舐，催促牠趕快站起來呀。我們所有人為小長頸鹿跨出的每一步加油、打氣。彷彿受到鼓勵一般，小長頸鹿用力撐起軟弱無力的腿，終於跟上了媽媽的腳步。

看到這，我好想念媽媽。

爸爸的手機響個不停。一下溝通，一下通報，忙得不可開交。突然，我聽到家人來電的專屬答鈴。爸爸一臉興奮接起電話，聽那語氣，似乎是好消息。「小裘，媽媽快生了喔。」

天啊，我要當姊姊了。

爸爸顧不得照顧長頸鹿生產的疲累，匆匆忙忙準備小行囊，開車離開遊樂園，離開小鎮，結束混亂的父女時光。我們要去找媽媽，把生活的軌道拉回正常。

「爸爸，你的工作那麼忙，弟弟出生後，還有時間陪我嗎？」

「小裘，妳還在擔心這個啊。」

「嗯。我怕你把我丟給外婆。雖然，我常常感到孤單，但是只要能跟爸爸媽媽一起生活，我就會感到幸福。」

「小傻瓜，別擔心，爸爸會好好安排的。」

高速公路塞滿車，我們開了將近三小時，又餓又累，終於抵達醫院。

婦幼院區的牆面、護理師的工作服、床單都是玫瑰粉，對比其他樓層的蒼白，多了一股暖意。院方告訴我和爸爸，媽媽正在產房裡努力。我們待在產房外的椅子上，爸爸顯得很著急。我想起長頸鹿媽媽生產的過程，緊張地問爸爸，「萬一弟弟卡住該怎麼辦？」

爸爸用手掌抓住我整顆小腦袋，往上提，「那就得用真空吸引器把弟弟吸出來。」

這真是太不可思議。我心裡讚嘆著。其實，爸爸看起來比我還緊張。

產房的自動門開了。我聽到小嬰兒的哭聲。

幾個小時後，護士阿姨允許我隔著玻璃窗，找找看弟弟在哪裡。新生嬰兒室有好多剛出生的小生命，躺在透明的箱子裡。弟弟小小的身軀，裹著毛巾，露出的臉龐，小鼻子極像爸爸的蒜鼻，使勁撐大，使勁哭。

我可愛的弟弟來到這個世界了。老天呀，我有好多事情想告訴他噢。

「爸爸，我們什麼時候可以帶弟弟回家？」

「小裘，有件事爸爸要跟妳說。我打算調整工作。我們要搬到新的家。」

「新的家？」

「小裘，妳仔細聽我說。」爸爸一臉嚴肅、鬍渣與倦容，眼裡閃著水光。「爸爸打算接受老闆的邀請，兼任園區經理。」

「可是，你不是最討厭和人接觸的工作？園區經理那麼忙，不就少了和動物相處的時間。更何況是我？」

「小裘，爸爸認真反省過了。原來我才是任性、幼稚又自私的大人，只想做自己喜歡的事。妳出生後，晚上經常哭鬧，我卻只想推給妳媽媽照顧，她疲累又無法休息，這可能是她憂鬱的原因。」爸爸難過得用雙手掩住臉。

「爸爸別擔心，小裘長大了，會照顧自己了呀。」

爸爸欣慰地摸摸我的頭，「如果兼任經理，雖然會增加很多不喜歡的工作，但是薪水也會比以前多很多。我們就可以搬到鎮上，住更大的房子，有更舒適的環境生活。」

「對不起，辛苦妳和媽媽了。我早該這麼做才是。」

我撲進爸爸懷裡，「真開心吔，我可以繼續和爸爸媽媽一起生活，還有弟弟。」

爸爸的承諾沒讓我們等太久。幾個月後，我們搬進可以容納一家四口的房子，上學更方便了。

安培還是老樣子，經常拆這個，組那個，沉浸在自己的不嚕樂園裡。大多時候，我靜靜地坐在他旁邊，看他專注的樣子。時間變得緩慢，心跳也是，和安培在一起的時光，我不再啃咬指甲。

小瑜轉學到台北念書，還寫了一張小卡片給我。

膽小鬼小裘：

妳和安培好嗎？我好想念你們。台北的同學感覺很聰明，但都不愛講話。我過得很好，新爸爸也愛吃壽司，常常帶我們去有旋轉軌道的地方吃壽司。有機會上來台北找我，我一定會帶你們去見識。還有，別忘了我，不然我會給妳好看。

吳郭瑜

新家有一股好聞的味道，陽光總是灑滿整個客廳。我打開窗戶，讓風吹走刺鼻的油漆味。室外晴空萬里，飄著棉白的卷雲。

弟弟和我占據了媽媽所有的時間。只要弟弟不吵不鬧，我幫忙做家事、照顧弟弟，媽媽疲累的臉龐就會流露幸福且滿足的笑容。

要搞定這小傢伙有個絕招。我會轉動發條，讓旋轉音樂盒緩緩彈奏輕快的旋律，原本嚎啕大哭的弟弟只要一聽就會安靜下來。

「媽媽，這首歌到底是什麼？」

「這首旋律是《瑪莉有隻小綿羊》。」媽媽溫柔地攬著我，娓娓說出我期待已久的故事，「這是一個真實的故事，瑪莉有隻小綿羊，羊毛白的像雪一樣，無論瑪莉去哪裡，小綿羊一定跟上……」

徐緩的旋律伴著媽媽的話語，變成我心中的樂園主題曲。溫暖的南風從窗子竄了進來，掀開書桌上的日記本，一頁翻過一頁。晾衣架上的溼衣服透出洗衣精的清香，一根竹竿撐起所有衣物的重量，任陽光帶走垂掛的憂傷，漸漸變得輕盈，斜斜地飄著。

我想念那個夏天，想讓整個世界成為我們的遊樂園。

九 歌 少 兒 書 房 2 6 9

不嚕樂園

國家圖書館出版品預行編目 (CIP) 資料

不嚕樂園 / 薩芙著 ; 許育榮圖 . -- 初版 . -- 臺北市 : 九歌 , 2018.09
面 ; 公分 . -- (九歌少兒書房 ; 269)
ISBN 978-986-450-207-3(平裝)
859.6 107013033

著 者 —— 薩芙
繪 者 —— 許育榮
責任編輯 —— 鍾欣純
創 辦 人 —— 蔡文甫
發 行 人 —— 蔡澤玉
出 版 —— 九歌出版社有限公司
台北市 105 八德路 3 段 12 巷 57 弄 40 號
電話／02-25776564・傳真／02-25789205
郵政劃撥／0112295-1

九歌文學網 www.chiuko.com.tw

印 刷 —— 晨捷印製股份有限公司
法律顧問 —— 龍躍天律師 ・ 蕭雄淋律師 ・ 董安丹律師
初 版 —— 2018 年 9 月
定 價 —— 260 元
書 號 —— 0170264
I S B N —— 978-986-450-207-3